동물 농장

동물 농장

A n i m a l F a r m

조지 오웰 지음 | 이종인 옮김

더클래식

차
례

제1장

메이너 농장의 존스 씨는 그날 밤 닭장 문을 잠그긴 했지만, 너무 취한 바람에 닭들이 드나드는 조그마한 구멍 막는 것을 깜빡 잊어버렸다. 그가 든 랜턴에서 나오는 원형의 불빛은 좌우로 춤추듯 흔들렸고, 그는 휘청거리는 몸을 이끌고 마당을 가로질러 본채로 갔다. 그는 장화를 발로 차서 뒷문에 벗어놓은 뒤, 부엌에 놓인 맥주통에서 마지막으로 한 잔을 따라 들이키고 침대로 갔다. 존스 부인은 이미 그곳에서 코까지 골며 자고 있었다.

침실의 불이 꺼지자마자 농장 건물들에서는 동물들이 바삐 몰려가는 소리와 날개를 파닥이는 소리가 났다. 낮에 돌았던 말로는, 돼지 품평회 미들 화이트 부문에 입상한 늙은 메이저가 전날 밤 기이한 꿈을 꾸었기에 다른 동물들에게도 그 얘기를 전하고 싶다는 것이었다. 따라서 존스 씨가 곯아떨어져서 안전한 상태가 되면 큰 헛간에 모두 모이기로 이미 약속이 되어있었다. 늙은 메이저(그는 늘 이렇게 불렸지만, 품평회에서는 윌링던 뷰티라는 이름으로 출전했다)는 농장에서 무척 존경받고 있었으므로 모든 동물은 그가 하는 말을 듣기 위해서 잠을 한 시간 정도 덜 자는 것쯤은 기꺼이 받아들이고자 했다.

큰 헛간 한쪽에는 일종의 높은 연단이 있었는데, 메이저는 이미 그곳 들보에 걸린 랜턴 아래에 짚을 깔고 편안하게 앉아 있었다. 열두 해를 산 그는 최근 살이 조금 쪘는데, 그래도 여전히 위엄에 넘치는 돼지였다. 송곳니를 단 한 번도 자르지 않았음에도 그는 현명하고 자애롭게 보였다. 이윽고 다른 동물들이 하나 둘 도착하기 시작했고, 각기 다른 모습으로 편안히 자리를 잡았다. 맨 처음 헛간에 들어온 건 블루벨, 제시 그리고 핀처라는 세 마리의 개였다. 그 다음으로 돼지들이 나타나 곧장 연단 앞에 짚이 깔린 곳에 편안히 앉았다. 암탉들은 창틀에 앉았고, 비둘기들은 서까래에 앉아 날개를 파닥였다. 양과 암소들은 돼지들 뒤에 누워 꼴을 되새김질하기 시작했다. 짐마차를 끄는 말인 복서와 클로버는 함께 들어왔는데, 두 말은 아주 천천히 걸으며 그 털투성이 발굽을 땅에 내려놓았다. 그것은 짚에 가려진 작은 동물들을 다치지 않게 하려고 무척 신경 쓴 행동이었다. 클로버는 성격이 인자하고 살집이 통통한 암말이었는데, 이미 중년에 가까워지고 있었다. 그녀는 네 번째 새끼를 낳은 뒤로는 예전의 몸매로 되돌아가지 못했다. 복서는 정말 덩치가 큰 말이었다. 18핸드*가 넘는 키에다 웬만한 말 두 마리를 합쳐 놓은 것만큼 힘이 셌다. 콧등에 길게 나있는 하얀 줄 때문에 다소 우둔해 보였는데, 사실 뛰어난 지능을 갖고 있지는 못했다. 그래도 복서는 그 끈기와 엄청난 노동력으로 널리 동물들에게 존경받고 있었다. 말 두 마리 다음으로는 흰 염소 뮤리엘과 당나귀 벤저민이 입장했다. 벤저민은 농장에서 가장 나이가 많은 동물이었고, 성질도 가장 더러웠다. 그는 거의 말을 하지 않았으며, 가끔 말을 할 때도 냉소적이었다. 예를 들면 그는 신이 파리를 쫓으라고 동물에게 꼬리를 주었다는 말을 들으면 아예 파리가 없어서 꼬리가 필요 없었으면 더 좋겠다고 말할 것이었다. 농장 동물 중에 오로지 그만 단 한 번도 웃는 적이 없었다. 왜냐고 물으면 웃을 일이 없다고 대답할 것이다. 그렇지만 공개적으로 인정하지는 않아도 그는 복서를 무척 좋아했다. 둘은 보통 일요일이면 과수원 너머에 있는 작은 방목장에서 아무 말도 하지 않고 나란히 서서 풀을 뜯었다.

두 말이 땅에 엎드리자 어미를 잃은 오리 새끼 여러 마리가

---

* 핸드는 손의 너비로서, 말의 키를 재는 단위로 쓰이는데 1핸드가 대략 10센티미터이다.

줄지어 헛간으로 들어왔다. 그들은 미약하게 찍찍거리며 다른 동물에게 밟히지 않을 장소를 이리저리 돌아다니며 찾았다. 클로버는 그 큰 앞발로 그들 주위에 일종의 벽을 만들어줬고, 오리 새끼들은 그 안쪽에 편안하게 앉았다. 안락했는지 그들은 곧장 잠들었다. 거의 마지막 순간에 들어온 건 몰리였는데, 그녀는 존스 씨의 이륜 경마차를 끄는 아름답지만 어리석은 하얀 암말이었다. 거드름 피우며 우아하게 들어온 그녀는 각설탕을 깨물고 있었다. 앞쪽 근처에 자리를 잡은 그녀는 흰 갈기를 휙휙 움직이기 시작했다. 그 갈기를 땋아놓은 장식 리본을 모두가 보아주길 바라며 하는 행동이었다. 맨 마지막에 들어온 건 고양이였다. 그녀는 늘 그랬듯이 가장 따뜻한 곳을 찾으려고 이리저리 둘러보다 마침내 복서와 클로버 사이로 몸을 밀어 넣었다. 고양이는 그곳에 만족했는지 기분 좋다는 듯이 그르렁거리는 소리를 내기는 했으나 메이저의 연설 내내 단 한 마디도 귀를 기울이지 않았다.

이렇게 동물은 전부 모였지만, 존스 씨가 길들인 까마귀 모지즈만은 헛간으로 오지 않고 뒷문 뒤에 있는 횃대에서 자고 있었다. 메이저는 동물들이 편안하게 앉아 점주하게 기다리는 모습을 보고서 목청을 가다듬은 후 연설을 시작했다.

"동무 여러분, 내가 지난밤에 이상한 꿈을 꾸었다는 이야기는 이미 들었을 겁니다. 하지만 꿈 이야기는 나중에 하겠습니다. 먼저 하고 싶은 다른 말이 있으니까요. 내 생각에 동무 여러분과 내가 함께 보낼 시간이 그리 많이 남지 않은 것 같습니다. 따라서 죽기 전에 내가 얻은 지혜를 여러분에게 전하는 게 의무라고 생각합니다. 나는 오래 살았습니다. 축사에 홀로 누워 생각할 시간도 그만큼 많았죠. 그러다 보니 이 세상에서 드러나는 삶의 본성과, 지금 이 순간 삶을 살아가고 있는 모든 동물을 잘 알게 되었습니다. 이것이 바로 내가 지금 여러분에게 하고 싶은 말입니다.

동무 여러분, 우리가 살아가고 있는 이 삶의 본성이 무엇입니까? 이제 그 특징을 똑바로 쳐다봅시다. 우리의 삶은 비참하고, 고생스럽고, 단명합니다. 우리는 태어나 우리 몸이 간신히 숨을 쉴 정도로만 먹이를 제공받습니다. 또 우리들 중에 그렇게나마 숨을 쉴 수 있는 동물들은 몸에 마지막 한 방울의 힘이 남아 있을 때까지 노동을 강요당합니다. 우리는 쓸모가 없다고 판단되는 즉시 끔찍하고 잔혹하게 도살당합니다. 한 살이 넘은 잉글랜드의 동물 중 여가와 행복의 의미를 아는 동물은 단 한 마리도 없습니다. 잉글랜드에서는 그 어떤 동물도 자유롭지 못합니다. 동물의 삶은 고통과 굴종 그 자체입니다. 이건 명백한 진실이죠.

하지만 이것이 정말로 자연의 이치일까요? 우리가 사는 이 땅이 너무나 척박하여 그 위에 사는 동물들이 제대로 된 삶을 영위할 수 없는 것일까요? 동무 여러분, 절대로 그렇지 않습니다! 잉글랜드의 땅은 비옥하고 기후가 훌륭하여 지금 사는 것과는 비교가 되지 않을 정도로 많은 동물에게 풍성하게 먹이를 제공할 수 있는 땅입니다. 우리가 사는 이 농장 하나로도 열두 마리의 말, 스무 마리의 암소, 수백 마리의 양을 먹일 수 있습니다. 이 모든 동물이 지금 우리가 상상하지도 못할 정도로 안락하고 품위 있게 살아갈 수 있습니다. 그렇다면 왜 우리가 계속 이처럼 비참하게 살아야 하는 걸까요? 바로 인간이 우리가 노동하여 생산한 걸 전부 도둑질해 가기 때문입니다. 동무 여러분, 이게 우리가 겪는 모든 문제에 대한 대답입니다. 문제는 인간, 그 한 단어로 요약됩니다. 인간이야말로 우리의 진정한 적입니다. 이 환경에서 인간만 제거하면 굶주림과 과로의 근본적인 원인이 영원히 사라지게 됩니다.

인간은 생산하지 않고 소비하는 유일한 생물입니다. 우유를 주지도 않고, 알을 낳지도 않습니다. 쟁기질도 할 수 없을 정도로 나약하고, 토끼도 잡지 못할 정도로 뜀박질이 느립니다. 그런데도 동물의 왕 노릇을 하고 있지요. 인간은 우리에게 일을 시키고, 간신히 굶주림을 면명할 만큼 최소한의 먹이를 주고 나머지는 전부 그들이 가져가 버립니다. 우리의 노동으로 땅을 갈고, 우리의 똥으로 토지를 기름지게 해도 우리에게 돌아오는 게 무엇입니까? 살가죽 말고 또 무엇이 있습니까? 내 앞에 있는 암소 동무들, 지난 한 해에만 대체 당신들의 몸에서 몇 천 갤런의 우유를 짜냈습니까? 새끼들을 강인하게 키워내는 데 쓰여야 했던 그 우유, 대체 어디로 갔습니까? 우리 적의 목구멍 너머로 마지막 한 방울까지 흘러 들어가지 않았습니까? 암탉 동무들, 올해에 대체 얼마나 많이 달걀을 낳았습니까? 그런데 그 달걀 중에 병아리로 부화한 건 얼마나 됩니까? 존스와 그가 부리는 일꾼들이 돈을 벌려고 남은 달걀을 모두 시장에 내다 판 것 아닙니까? 클로버 동무, 당신이 낳은 네 마리 새끼는 어디로 갔습니까? 동무에게 말년의 자랑거리가 되어야 마땅하고 또 동무를 봉양해 주었을 그 망아지들, 대체 어디로 갔습니까? 그들 모두 한 살이 되었을 때 팔렸습니다. 다시는 보지 못할 것이고요. 네 번이나 새끼를 낳고, 또 밭에서 그토록 고되게 일해 왔지만, 빈약한 식량과 마구간 말고 그 대가로 받은 게 대체 무엇입니까?

또 이 비참한 삶 때문에 우리는 천수를 누리지도 못합니다. 나는 투덜댈 일이 없습니다. 운 좋은 동물 축에 들어가니까요. 열두 해를 살았고, 400마리가 넘는 자식을 두었습니다. 이런 게 바로 자연스러운 돼지의 삶입니다. 하지만 결국에 잔인한 칼질에서 벗어나는 동물은 어디에도 없습니다. 내 앞에 앉은 젊은 돼지 동무들, 여러분은 1년 안에 도살장에 끌려가 끔찍한 비명을 내지르게 죽게 될 거요. 우리 모두 이런 공포에서 벗어날 수 없습니다. 암소, 돼지, 암탉, 양, 동물이라면 모두 피할 수 없는 운명이지요. 말과 개조차 더 나은 최후를 맞이하지 못합니다. 복서 동무, 그 훌륭한 근육에 힘이 빠지는 바로 그 날, 존스는 동무를 폐마 도축업자에게 팔아 치울 거요. 그 끔찍한 자는 동무의 목을 자르고 동무의 살을 삶아서 폭스하운드 사냥개들에게 던져줄 거요. 개 동무들, 나이가 들고 이가 빠지면 존스는 동무들의 목에 벽돌을 매달아 여기서 제일 가까운 연못에 던져 수장시킬 겁니다.

동무 여러분, 이처럼 분명한 일이 또 어디에 있겠습니까? 우리가 살며 겪는 모든 해악이 인간의 폭압에서 나오는 것입니다. 인간만 제거하면 우리가 노동을 통해 생산한 건 모두 우리 차지가 됩니다. 하룻밤 사이에 우리는 풍요롭고 자유롭게 될 것입니다. 그렇다면 무엇을 해야 할까요? 무엇이겠습니까, 밤낮을 가리지 않고 온 힘을 다해 인간을 타도하는 일밖에! 그게 바로 내가 여러분에게 전하려는 말입니다, 동무들. 반란을 일으킵시다! 언제 반란이 일어날지는 모르겠습니다. 바로 다음 주가 될 수도 있고, 일백 년 뒤가 될 수도 있습니다. 하지만 나는 압니다. 조만간 정의가 실현되리라는 것은. 그건 내가 밟고 있는 짚을 보는 것처럼 확실합니다. 동무들, 얼마 남지 않은 삶 동안 이 목표에 시선을 고정시키며 집중하십시오! 무엇보다 내가 전하는 이 말을 다음 세대에도 전하십시오. 그래야 후손들이 승리를 거둘 때까지 싸움을 이어나갈 수 있습니다.

동무들, 기억하십시오. 이런 굳센 뜻이 절대로 흔들려서는 안 됩니다. 어떤 주장에도 유혹되지 마십시오. 인간과 동물이 함께 이익을 볼 수 있고, 한쪽의 번영이 곧 다른 쪽의 번영이라는 소리엔 절대 귀 기울이지 마십시오. 전부 새빨간 거짓말입니다. 인간은 자기 이익 말고는 다른 어떤 동물의 이익도 신경 쓰지 않습니다. 따라서 우리 동물들은 인간을 상대로 투쟁하면서 완벽한 일치를 이루고, 완벽한 동료 정신으로 무장해야 합니다. 모든 인간은 적입니다. 모든 동물은 동무입니다!"

이 순간 헛간에서 엄청난 함성이 솟구쳤다. 메이저가 연설하는 동안 네 마리의 큰 쥐는 구멍에서 몰래 나와 뒷다리와 엉덩이를 깔고 앉아 그의 말을 들었다. 개들은 갑작스럽게 쥐가 나온 걸 보게 되었고, 쥐들은 빠르게 도망쳐 구멍으로 들어간 덕분에 간신히 목숨을 구했다. 메이저는 앞발을 들어 정숙을 요청했다.

"동무 여러분, 여기서 확실히 해둘 문제가 있습니다. 쥐나 토끼 같은 야생 동물은 우리의 친구입니까, 적입니까? 그 문제를 투표에 붙입시다. 지금 이 회의에서 이 문제를 다룹시다. 쥐는 우리의 동무입니까?"

바로 투표가 실시되었고, 압도적으로 쥐도 동무라는 결정이 났다. 넷만이 반대를 했는데, 개 세 마리와 고양이였다. 나중에 보니 고양이는 찬반 양쪽에 투표한 게 드러나기도 했다. 메이저가 말을 이었다.

"나는 이제 더 이상 할 말이 없습니다. 그저 다시 반복하겠습니다. 인간과 그의 모든 방식에 적의를 품는 게 여러분의 의무라는 걸 늘 기억하시오. 두 다리로 걷는 자는 누구든 적입니다. 네 다리로 걷거나 날개 달린 자는 친구입니다. 또 기억해야 할 점은 인간과 투쟁하면서 인간을 닮으려고 해서는 안 된다는 겁니다. 인간을 물리치더라도 그 악덕을 따라 해서는 안 됩니다. 그 어떤 동물도 집에서 살거나, 침대에서 자거나, 옷을 입거나, 술을 마시거나, 담배를 피우거나, 돈을 만지거나 혹은 장사를 해서는 안 됩니다. 인간의 모든 습관은 사악합니다. 무엇보다 그 누구도 다른 동물을 억압해서는 안 됩니다. 강하건 약하건, 영리하건 우둔하건, 우리는 모두 형제입니다. 그 어떤 동물도 다른 동물을 죽이면 안 됩니다. 모든 동물은 평등합니다.

동무 여러분, 이제 지난 밤 내가 꾼 꿈에 관해 말해드리겠습니다. 그 꿈을 내가 여러분에게 말로 설명하기란 불가능합니다. 그것은 인간이 사라진 세상에 관한 꿈이었습니다. 그렇지만 그 꿈 덕분에 내가 오래 전에 잊어버린 어떤 것이 다시 기억나더군요.

아주 오래 전, 내가 새끼 돼지였을 때에 어머니와 다른 암퇘지들은 오래된 노래를 부르곤 했는데, 그 분들은 그 노래 곡조와 처음 세 단어만 알고 있었습니다. 나는 어렸을 적엔 그 곡조를 알았지만, 그것은 오래 전에 내 기억에서 사라져 버렸습니다. 그러나 지난 밤 꾸었던 꿈에서 그 곡조가 다시 생각났어요. 더 중요한 건 가사까지 기억나더라는 겁니다. 오래 전 동물들이 불렀으나, 그 후 여러 세대의 기억에서 사라진 바로 그 노랫말이! 동무 여러분, 나는 이제 그 노래를 여러분에게 들려줄 겁니다. 나는 늙었고 목소리도 쉬었습니다. 하지만 내가 곡조를 가르쳐주면 여러분은 더 잘 부를 수 있을 겁니다. 노래 제목은 '잉글랜드의 동물들'입니다."

늙은 메이저는 목청을 가다듬고 노래를 부르기 시작했다. 본인이 말한 것처럼 목소리는 쉬었지만, 노래는 꽤 괜찮게 불렀다. 곡조는 아주 감동적이었는데, 《클레멘타인》과 《라 쿠카라차》 중간쯤에 해당하는 가락이었다.

잉글랜드의 동물들이여, 아일랜드의 동물들이여
모든 지역의 동물들이여
내가 전하는 기쁜 소식에 귀를 기울여라
행복한 미래를 알리는 이 소식에

곧 그날이 다가오리라
그날이 오면 압제자 인간은 타도될 것이며

잉글랜드의 기름진 들판은
동물들만 밟게 될 것이다

코뚜레는 코에서 사라질 것이며
마구는 우리의 등에서 떨어질 것이다
재갈과 박차는 버려져 영원히 녹슬어버리고
무자비한 채찍은 다시는 등을 찢지 못하리라

그 풍요로움은 상상 그 이상일 것이다
밀과 보리, 귀리와 건초
클로버와 콩, 사탕무는
그날이 오면 전부 우리 차지가 될 것이다

잉글랜드의 들판은 환히 빛날 것이고
물은 더 맑아질 것이며
산들바람은 더 상쾌하게 불 것이다
우리가 자유로워지는 바로 그날에

그날을 위해 우리는 모두 힘써야 한다
비록 그날이 되기 전에 죽을지라도
암소와 말, 거위와 칠면조

모두는 자유를 위해 피와 땀을 흘려야 한다

잉글랜드의 동물들이여, 아일랜드의 동물들이여
모든 지역의 동물들이여
내가 전하는 기쁜 소식에 귀를 기울여라
행복한 미래를 알리는 이 소식에

메이저가 이 노래를 부르자 동물들은 엄청난 흥분 속으로 빠져들게 되었다. 메이저의 노래가 끝에 다다르기도 전에 다들 따라 부르기 시작했다. 가장 지능이 떨어지는 축에 속하는 동물들조차 곡조와 가사 몇 마디를 흥얼거렸다. 영리한 돼지나 개는 몇 분 만에 노래 가사를 통째로 외웠다. 몇 번 예행연습을 한 뒤 동물들은 무서우리만큼 일치된 목소리로 '잉글랜드의 동물들'을 열창했는데, 그 엄청난 합창 소리에 농장이 떠나갈 정도였다. 암소들은 '음메'하고 울었고, 개들은 '컹컹' 짖었으며, 양들도 '음메에'하고 울었고, 말들이 '히힝'거리자, 오리들도 '꽥꽥'하며 울었다. 어찌나 노래 부르는 게 즐거웠는지 동물들은 연달아 다섯 번씩이나 되풀이했다. 방해를 받지 않았더라면 밤새 그 노래를 불렀을 것이다.

안타깝게도 소란스러운 소리에 존스 씨가 깨어났고, 그는 마당에 여우가 들어왔다고 확신하며 침대에서 벌떡 일어났다. 그는 항상 침실 구석에 세워두는 6연발 엽총을 들고 나와 어둠 속으로 여섯 발을 모두 발사했다. 총알들이 헛간 벽에 박혔고, 동물들의 모임은 황급히 끝났다. 모든 동물이 각자의 잠자리로 도망쳤다. 새들은 횃대로 날아올랐고, 동물들은 짚 위에 엎드렸다. 온 농장이 한 순간에 잠이 들었다.

제2장

　그로부터 사흘째 되던 날 밤에 늙은 메이저는 잠을 자다 평화롭게 숨을 거뒀다. 그의 시신은 과수원 기슭에 묻혔다.

　그것은 3월 초의 일이었다. 이후 3개월 동안 농장에선 은밀한 활동이 벌어졌다. 메이저의 연설 덕분에 농장의 똑똑한 동물들은 삶에 관해 완전히 새로운 관점을 갖게 되었다. 그들은 메이저가 예측한 반란이 언제 일어날지 몰랐고, 그 반란이 자기가 살아 있는 동안에 일어날 것으로 생각할 이유도 없었다. 하지만 반란을 준비하는 게 그들의 의무라는 점은 분명히 깨닫게 되었다. 동물들을 교육하고 또 조직하는 일은 자연스레 돼지들이 맡았는데 돼지가 동물 중에 가장 영리하다고 널리 알려졌기 때문이다. 돼지 중에서도 탁월하다는 평가를 받는 건 스노볼과 나폴레옹이라는 두 수퇘지였다. 존스 씨는 이 둘을 키워서 팔 생각이었다. 나폴레옹은 다소 사납게 생긴 덩치 큰 버크셔 수퇘지였다. 그는 농장 유일의 버크셔 돼지였는데, 언변이 좋지는 않지만, 고집이 세고 자기 마음대로 한다는 평판이 있었다. 스노볼은 나폴레옹보다는 쾌활한 돼지였다. 말을 빠르게 하고 아주 창의적이었지만, 나폴레옹보다는 뚝심이 모자란다는 평가였다. 그 외 농장에 있는 다른 모든 수퇘지는 식용 돼지였다. 그 중에서 가장 잘 알려진 건 스퀼러라는 작고 뚱뚱한 돼지였다. 그는 무척 둥그스름한 볼을 갖고 있었고 두 눈을 반짝거렸으며, 동작이 아주 민첩했는데, 새는 목소리로 말했다. 그는 뛰어난 웅변가였고, 어려운 점을 논의할 때에는 좌우로 가볍게 뛰면서 꼬리를 흔드는 버릇이 있었는데 왜 그런지는 몰라도 그 동작은 무척 설득력이 있었다. 어떤 동물들은 스퀼러의 언변에 찬탄하면서 그는 검은색도 흰색으로 바꿀 수 있다고 말했다.

이 세 마리 돼지는 메이저의 가르침을 정교하게 가다듬어 하나의 완벽한 사상 체계로 정립했다. 그들은 그 체계를 동물주의라고 불렀다. 존스 씨가 잠이 들면 그들은 한 주에도 여러 번 큰 헛간에서 은밀한 모임을 주최하고 다른 동물들에게 동물주의의 원칙을 자세히 설명해 주었다. 처음에 세 마리의 돼지는 어리석고 무관심한 동물들과 직면하게 되었다. 몇몇은 존스 씨에게 충성하는 것이 동물의 의무라고 대꾸했다. 그들은 존스 씨를 '주인'이라고 부르거나, 아니면 "존스 씨가 우리를 먹여주는데 그가 사라지면 우리는 굶어 죽게 된다" 같은 단순한 말을 지껄이기도 했다. 또 어떤 동물들은 "우리가 죽고 난 다음 일을 왜 신경 써야 해?"나 "어차피 그 반란이란 게 일어날 거라면, 우리가 공을 들이거나 말거나 무슨 차이가 있어?" 같은 질문을 하기도 했다. 그러면 돼지들은 그런 생각이 동물주의의 정신에 위배된다는 것을 이해시키기 위해 온갖 고생을 다 해야 되었다. 그 중에서 가장 멍청한 질문은 흰 암말인 몰리의 입에서 나온 것이었다. 그녀가 스노볼에게 물은 맨 처음 질문은 이랬다.

"반란 이후에도 설탕이 있을까?"

스노볼은 이 질문에 단호하게 대꾸했다.

"없지. 이 농장에서 설탕을 만들 수단이 없어. 게다가 동무는 설탕 같은 건 필요 없어. 귀리와 건초라면 원하는 만큼 먹을 수 있지."

"갈기에 매단 리본은 계속 달고 있을 수 있을까?" 몰리가 물었다.

"동무." 스노볼이 대답했다. "그렇게 아끼는 리본은 굴종의 증표에 불과해. 자유가 그런 리본보다 훨씬 더 값지다는 걸 왜 이해하지 못하는 거야?"

몰리는 동의했지만 그리 설득된 것 같은 목소리는 아니었다.

돼지들은 길들여진 까마귀 모지즈가 퍼뜨리는 거짓말에는 더욱 힘들게 대응해야 되었다. 존스 씨가 특히 아끼는 애완동물인 모지즈는 간첩이자 고자질쟁이였지만, 동시에 아주 영리하게 말하는 능력을 갖추기도 했다. 그는 슈가캔디 마운틴이라는 신비한 곳이 존재하며, 모든 동물은 죽으면 그곳으로 가게된다고 주장했다. 모지즈는 그곳은 구름들의 위쪽, 저 높은 하늘 어딘가에 있다고 했다. 그의 말에 따르면, 슈가캔디 마운틴에서는 한 주가 모두 일요일이며, 일년 내내 클로버가 제철이고, 각설탕과 아마인 찌꺼기가 울타리에서 지천으로 자라난다는 것이다. 하지만 동물들은 모지즈를 미워했다. 그가 말만 많이 일은 하지 않았기 때문이다. 하지만 몇몇은 슈가캔디 마운틴의 존재를 믿었고, 그래서 돼지들은 동물들에게 그런 곳은 없다는 걸 납득시키느라 엄청난 노력을 기울여야 했다.

돼지들의 말을 가장 충실하게 따르는 동물은 짐마차 말인 복서와 클로버였다. 두 말은 스스로 뭔가 생각하는 걸 무척 힘들어했지만, 돼지들을 스승으로 받아들인 뒤로는 그들에게서 들은 걸 전부 그대로 받아들여 모두 다 마땅하고 옳은 말이라고 주깅히며 다른 동물들에게 선했나. 두 말은 큰 헛간에서 열리는 비밀 모임에 꾸준히 참석했고, 모임이 끝날 때 늘 부르는 '잉글랜드의 동물들'을 앞장서서 불렀다.

나중에 안 일이지만 반란은 예상보다 훨씬 빠르고 쉽게 성공했다. 지난 몇 년 동안 존스 씨는 가혹한 주인이긴 해도 유능한 농부였는데, 최근 힘든 시기를 보내고 있었다. 그는 소송에 휘말려 돈을 잃어버리자 크게 낙담했고, 건강을 해칠 정도로 술을 많이 마셨다. 며칠 내내 그는 부엌에 있는 등 높은 나무 의자에서 빈둥거리면서 신문을 읽고 술을 마셨는데, 때로는 맥주에 적신 빵 껍질을 모지즈에게 던져주기도 했다. 존스 씨가 쓰는 일꾼들 역시 나태하고 불성실했다. 밭엔 잡초가 무성했고, 건물들은 지붕을 보수할 필요가 있었으며, 산울타리는 멋대로 방치되었다. 동물들은 먹이를 제대로 주지 않아 굶주리고 있었다.

6월이 되었고, 건초는 잘라내도 좋을 정도로 거의 다 자랐다. 세례 요한 축일 전날은 토요일이었는데, 존스 씨는 윌링던에 있는 레드 라이언 선술집에서 크게 취해 축일인 일요일 한낮이 될 때까지 집으로 돌아오지 않았다. 일꾼들은 아침 일찍 우유를 짜고 이어 토끼 사냥을 나갔는데 동물들에게 먹이를 주는 건 신경조차 쓰지 않았다. 존스 씨는 돌아오자마자 곧장 거실의 소파로 가서 《뉴스 오브 더 월드》 신문지를 얼굴에 덮고 곯아떨어졌고, 그리하여 저녁이 되었는데도 동물들은 여전히 굶고 있었다. 마침내 동물들은 더는 참을 수가 없었다. 암소 한 마리가 자신의 뿔을 들이박아 저장고의 문을 부쉈고, 모든 동물이 사료 통에 달려들어 배를 채우기 시작했다. 바로 이때 존스씨가 일어났다. 이후 존스 씨와 그의 일꾼 네 사람은 손에 채찍

을 쥐고 저장고로 들어와 사방팔방으로 채찍질을 해댔다. 그것
은 굶주린 동물들이 도저히 참아줄 수 없는 학대였다. 사전 모
의를 한 것도 아니지만, 동물들은 합심하여 자신을 박해하는
인간들에게 달려들었다. 존스와 일꾼들은 갑자기 온 사방에서
동물들에게 받히고 차이게 되었다. 이제 상황은 그들이 통제할
수 없게 되었다. 그들은 동물들이 이렇게 광포하게 날뛰는 걸
여태껏 단 한 번도 본 적이 없었다. 지금껏 마음대로 구타하고
혹사했던 동물들이 갑자기 폭동을 일으키자 그들은 겁에 질렸
다. 그들은 동물들의 공격을 막아내려고 애썼지만, 얼마 지나지
않아 포기하고 도망쳤다. 다섯 명 전원이 1분 만에 있는 힘을
다해 주 도로로 이어지는 짐마차 길로 도망쳤고, 동물들은 한
껏 기가 올라서 그 뒤를 쫓았다.

　침실 창문으로 저장고에 무슨 일이 벌어졌는지 상황을 지켜
보던 존스 부인은 서둘러 몇 가지 소지품을 여행용 가방에 집
어넣고 다른 방향으로 피신하여 농장을 빠져 나왔다. 모지즈는
횃대에서 솟아올라 도망치는 여주인을 따라 날아가며 크게 깍
깍 울어댔다. 그러는 사이에 동물들은 존스와 일꾼들을 도로로
몰아내고 빗장이 나섯 개 달린 대문을 쾅 하고 닫았다. 무슨 일
이 벌어졌는지 깨닫기도 전에 반란은 성공을 거둔 것이었다.
존스는 쫓겨났고, 메이너 농장은 동물들의 것이 되었다.

　처음 몇 분 동안 동물들은 그들에게 찾아온 행운을 거의 믿

을 수가 없었다. 이어 그들이 처음으로 한 행동은 무리를 지어 농장 주위를 달리는 것이었다. 혹시나 인간이 농장 어딘가에 숨어있지 않나 확인하기 위해서였다. 그런 다음 동물들은 농장 건물들로 경쟁하듯 몰려가서 존스의 증오스러운 지배를 생각나게 하는 흔적들을 모조리 없애버렸다. 마구간 끝에 있는 마구 보관실 문은 뜯겼고, 재갈, 코뚜레, 개목걸이, 존스 씨가 돼지와 양을 거세할 때 쓰던 잔인한 칼은 모조리 우물 속으로 던져졌다. 고삐, 눈가리개 가죽, 말의 목에 거는 모멸적인 사료 망태는 마당에서 타오르는 쓰레기 소각용 모닥불 속으로 던져졌다. 채찍 역시 마찬가지였다. 모든 동물은 채찍이 불 속에 던져지는 모습을 보고 기쁨을 주체하지 못하고 깡충깡충 뛰었다. 스노볼은 보통 장날에 말의 갈기와 꼬리에 매달던 리본 역시 불에다 던져 넣었다.

"이 리본 역시," 스노볼이 말했다. "옷처럼 인간의 흔적이라고 생각해야 합니다. 모든 동물은 반드시 알몸이어야 합니다."

복서는 이 말을 듣자 작은 밀짚모자를 가져왔다. 이 모자는 여름에 파리가 귀에 달라붙는 걸 막으려고 썼던 것이었다. 그가 모자를 던져 넣자 그것은 불 속에서 다른 물건과 함께 활활 타올랐다.

아주 짧은 순간에 동물들은 존스 씨를 떠올리게 하는 물건들을 모두 파괴했다. 나폴레옹은 동물들을 이끌고 저장고 헛간으로 돌아가 모두에게 평소보다 두 배 많은 옥수수를 배급했다. 개들은 각자 두 개의 비스킷을 받았다. 이후 동물들은 '잉글랜드의 동물들'을 처음부터 끝까지 일곱 번 불렀고, 그런 다음 편안히 자리에 누워 일찍이 전에는 자본 적이 없는 달콤한 잠에 빠져들었다.

하지만 동물들은 늘 그랬던 것처럼 새벽에 일어났다. 그리고 갑자기 지난밤에 벌어진 영광스러운 일을 기억해내고서 모두 목초지로 달려 나갔다. 목초지에서 조금 아래로 내려가면 작은 언덕이 있었는데, 그곳에선 농장 대부분이 내려다 보였다. 동물들은 언덕 꼭대기로 몰려갔고, 맑은 아침 햇살 속에서 농장 주위를 둘러보았다. 이제 그건 그들의 것이었다. 눈에 보이는 모든 게 바로 그들의 소유였다! 그런 생각을 하자 동물들은 황홀경에 빠져 빙글빙글 뛰어다녔다. 그들은 흥분을 주체하지 못해 공중으로 펄쩍펄쩍 뛰어오르기도 했다. 그들은 이슬 위로 구르고, 달콤한 여름 풀을 한입 가득 뜯어먹기도 했다. 또 검은 흙덩어리를 박차면서 그 흙에서 나는 풍성한 향기를 킁킁거리며 냄새 맡기도 했다. 그런 다음 동물들은 농장 전체를 돌며 시찰했다. 그들은 농경지, 건초용 목초지, 과수원, 저수지, 깊은 숲을 살피면서 감탄하여 제대로 말을 잇지 못했다. 그들은 마치 단 한 번도 이런 걸 본 적이 없는 것처럼 행동했다. 그 순간에도 이 모든 게 그들의 것이라는 사실을 도무지 믿을 수가 없었다.

이어 동물들은 줄을 서서 농장 건물로 돌아왔는데, 본채의 문밖에서 그들은 아무 말 없이 조용히 발걸음을 멈췄다. 이 본채 역시 그들의 것이었지만, 그들은 겁이 나서 안으로 들어가지 못하고 있었다. 하지만 잠시 후에 스노볼과 나폴레옹이 나서서 어깨로 출입문을 들이받았다. 이어 동물들은 한 줄로 본채로 들어갔는데, 어떤 것도 건드리면 안 된다는 두려움 때문에 극도로 신경을 써서 걷고 있었다. 그들은 발끝으로 살금살금 걸으며 이 방 저 방을 돌아다녔는데, 간신히 속삭이는 것 이상으로 말하기를 두려워했다. 그러면서도 그들은 깃털 매트리스를 깐 침대, 거울, 말의 털을 넣어 만든 소파, 모직 양탄자, 거실 벽난로 위 선반 위에 걸린 빅토리아 여왕의 석판화 같은 아주 호화로운 물건을 보며 일종의 경외감을 느꼈다. 본채의 계단을 내려온 그들은 몰리가 사라졌다는 걸 깨달았다. 동물들이 다시 돌아가 보니 그녀는 여전히 제일 좋은 침실에 남아있었다. 그녀는 존스 부인의 화장대에서 푸른 리본을 가져와 어깨에 대고는 거울에 비친 자신의 모습을 바라보며 아주 멍청하게 감탄하고 있었다. 다른 동물들은 그녀를 크게 나무라고 이어 밖으로 나왔다. 부엌에 매달린 돼지의 넓적다리 고기는 꺼내서 매장했고, 부엌에 있던 맥주 통은 복서가 발굽으로 차서 깨버렸다. 그 외에는 본채에서 건드린 물건은 없었다. 본채를 박물관으로 보존해야 한다는 결의는 즉각 만장일치로 통과되었다.

어떤 동물도 그곳에서 살면 안 된다는 주장도 만장일치로 동의되었다.

동물들은 아침을 먹었고 그 후에 스노볼과 나폴레옹이 그들을 다시 한 자리에 불렀다.

"동무 여러분." 스노볼이 말했다. "지금은 여섯 시 반이고 앞으로도 하루가 길게 남았습니다. 오늘 우리는 건초 수확을 시작할 겁니다. 하지만 반드시 먼저 처리해야 할 또 다른 문제가 있습니다."

돼지들은 지난 석 달 동안 존스 씨의 아이들이 공부하고 쓰레기 더미에 버린 낡은 철자 교본으로 읽고 쓰는 법을 독학했다는 사실을 밝혔다. 나폴레옹은 검은색과 흰색 페인트 통을 가져와달라고 하고는 앞장서서 주 도로로 통하는 다섯 개의 빗장이 걸린 대문으로 나아갔다. 글씨를 가장 잘 쓰는 스노볼은 앞발의 관절 사이에 붓을 끼우고는 가장 위에 있는 빗장에 적힌 메이너 농장이라는 글을 지워버리고 그 자리에 동물 농장이라고 적어 넣었다. 지금부터는 이것이 바로 농장의 이름이 될 터였다. 이 일을 마친 뒤 그들은 농장 건물들이 있는 곳으로 돌아갔다. 스노볼과 나폴레옹은 사다리를 가져오라고 하여 그것을 큰 헛간의 벽에 세워두게 했다. 그들은 지난 석 달 동안 연구한 결과 돼지들이 동물주의 원칙을 일곱 가지 계명으로 요약하는 데 성공했다는 말도 전했다. 이 일곱 계명은 이제 벽에 기

록될 것이었다. 이 계명은 동물 농장의 모든 동물이 이후 영원
토록 생활의 기준으로 삼아야 할 불변의 법률로 작용할 것이었
다. 돼지가 사다리 위에서 균형을 잡는 건 쉬운 일이 아니었다.
따라서 스노볼이 사다리에 올라가서 작업 준비를 마치는 데는
당연히 어려움이 있었다. 그래도 작업이 시작되었고 스퀄러는
스노볼보다 몇 단 아래에서 페인트 통을 잡고 서 있었다. 일곱
계명은 타르를 칠한 벽에 흰 페인트로 적혔고, 아주 큼지막하
게 적어서 30야드 떨어진 곳에서도 보일 정도였다. 내용은 다
음과 같았다.

일곱 계명

1. 두 다리로 걷는 것은 적이다.

2. 네 다리(legz)로 걷거나 날개(wingz)가 있는 것은 친구(freind)
   이다.

3. 어떤 동물도 옷을 입어선 안 된다.

4. 어떤 동물도 침대에서 자면 안 된다.

5. 어떤 동물도 술을 마시면 안 된다.

6. 어떤 동물도 다른 동물을 죽여선 안 된다.

7. 모든 동물은 평등하다.

계명은 아주 깔끔하게 적혔다. '친구(friend)'가 'freind'로 잘못

적혔고, 다리와 날개에 들어 있는 글자 s 중 하나가 거꾸로 적
힌 걸 제외하면 철자는 일관되게 정확했다. 스노볼은 다른 동
물들을 위해 계명을 큰 소리로 읽었다. 모든 동물은 고개를 끄
덕이며 전적으로 동의했고, 영리한 동물들은 즉시 계명을 외우
기 시작했다.

"동무 여러분." 스노볼이 페인트 붓을 내던지며 말했다. "이제
건초용 목초지로 갑시다! 존스와 일꾼들이 했던 것보다 더 빠
르게 건초를 수확하여 우리의 체면을 살립시다."

하지만 이때 얼마 전부터 불안정한 모습을 보이던 암소 세
마리가 크게 울음소리를 냈다. 24시간 동안 우유를 짜지 않아
젖통이 거의 터지려고 했기 때문이다. 돼지들은 잠깐 생각을
하더니 양동이를 가져오게 해서 꽤 성공적으로 우유를 짜냈다.
그들의 앞발은 우유 짜는 작업에 아주 잘 적응했다. 곧 다섯 양
동이가 거품이 이는 우유로 가득 찼고, 많은 동물이 상당한 흥
미를 가지고 그것을 쳐다보았다.

"그 우유는 어떻게 할 거야?" 누군가가 물었다.

"존스는 가끔 우리 사료에 약간 섞어주곤 했는데." 암탉 중 한
마리가 말했다.

"우유는 신경 쓰지 마시오, 동무들!" 나폴레옹이 양동이 앞
에 서서 소리쳤다. "잘 처리할 거요. 수확이 더 중요한 거 아니
겠소! 스노볼 동무가 앞장설 거요. 나는 몇 분 뒤에 따라가겠소.

자, 동무들, 나아갑시다! 건초가 기다리고 있으니."

　이리하여 동물들은 목초지로 가서 건초 수확을 시작했다. 저녁에 돌아와 보니 우유는 사라지고 없었다.

제3장

건초를 거둬들이느라 동물들이 얼마나 고생하고 땀을 흘렸던지! 그래도 그 노력은 보상을 받았다. 수확 작업은 기대했던 것보다 훨씬 더 성공적이었기 때문이다.

때로 일은 힘들었다. 동물들은 도구를 쓸 수 없었기에 크게 불리했다. 애초에 도구 자체가 인간이 쓰도록 설계되었기에 동물들은 뒷다리로 서지 않는 이상 하나라도 쓸 수 있는 것이 없었다. 하지만 돼지들은 무척 영리해서 모든 어려움을 우회하는 방법은 생각해냈다 막득에 대해서 말해보자면, 그들은 밭이라면 모르는 곳이 없었고, 풀베기와 갈퀴질에 관해서라면 존스와 일꾼들보다 훨씬 잘 알았다. 돼지들은 일을 하지 않고 다른 동물들을 지시하고 감독했다. 탁월한 지식을 갖춘 돼지들이

지도자가 되는 건 자연스러운 일이었다. 복서와 클로버는 스스로 건초 베는 도구나 써레를 등에다 걸고서(물론 재갈이나 고삐 같은 건 필요하지 않았다) 착실하게 밭을 걸어 다녔다. 그들의 뒤로는 돼지 한 마리가 걸어 다니며 상황에 따라 "이랴, 동무!"나 "워워 뒤로 오시오, 동무!" 같은 소리를 냈다. 도움이 되든 말든 동물들은 전원 예외 없이 건초를 옮기고 모으는 일에 달려들었다. 심지어 오리와 암탉도 부리로 몇 가닥 건초를 집는 식으로 종일 햇볕에서 일하는 고생을 마다하지 않았다. 마침내 동물들은 존스와 일꾼들의 평균 작업 시간보다 이틀이나 더 빨리 수확을 마쳤다. 더욱이 동물들은 농장이 설립된 이래 가장 많은 건초 수확량을 기록했다. 낭비되는 건초는 전혀 없었다. 암탉과 오리는 예리한 눈초리를 반짝거리면서 마지막 하나 남은 건초까지 긁어 모았다. 농장의 그 어떤 동물도 건초 한 줄기라도 훔칠 생각을 하지 않았다.

여름 내내 농장의 일은 계획대로 시계바퀴처럼 착착 진행됐다. 동물들은 이처럼 행복한 적이 없었다. 입으로 넣는 모든 음식이 더할 나위 없는 즐거움이었다. 이제 음식은 그들 자신을 위해 생산한 진정한 자신의 것이었기 때문이다. 주인이 마지못한 표정으로 조금씩 나눠주는 그런 먹이와는 차원이 달랐다. 쓸모없는 기생충 같은 인간이 사라졌으니 모두가 더 많은 음식을 먹게 되었다. 비록 동물들은 여가 시간을 즐기는 데 익숙하지 못했지만 그래도 여가 시간 역시 더 늘어났다. 동물들은 많은 어려움을 겪었다. 예를 들면 이후에 옥수수를 수확할 때 농장에 탈곡기가 없었기에 아주 원시적인 방식으로 작업했다. 그들은 옥수수 줄기를 짓밟아 무너뜨렸고, 겉껍질을 입김으로 불어서 날렸다. 하지만 돼지들이 영리하고 복서가 엄청난 힘을 발휘했기에 어려운 상황도 늘 헤쳐 나갈 수 있었다. 복서는 모두에게 존경을 받았다. 그는 존스가 있을 때도 열심히 일했지만, 지금은 세 마리 말의 몫을 하고 있었다. 농장 일 전부가 그의 힘센 어깨에 의지하는 것처럼 보일 때도 있었다. 아침부터 저녁까지 그는 무거운 것을 밀고 당겼고, 항상 가장 고된 일을 맡아서 했다. 그는 어린 수탉에게 특별히 부탁하여 아침에 다른 동물보다 30분 먼저 자신을 깨워달라고 하고서, 정규 일과가 시작되기 전에 가장 힘이 필요한 곳으로 가서 자발적으로 일했다. 그는 문제가 닥치고 차질이 생길 때마다 "내가 더 열심히 일해야겠어!"라고 말했다. 그는 일찍이 그 말을 자신의 좌우명으로 받아들인 바 있었다.

모든 동물은 그들의 능력에 맞게 일했다. 예를 들면 암탉과 오리는 수확할 때 떨어진 옥수수를 모아 다섯 부셸을 거둬들였다. 아무도 도둑질하지 않았고, 아무도 배급에 대해 투덜대지 않았다. 예전에는 말다툼하고, 물어뜯고, 질투하는 일이 생활 속의 다반사였지만, 이젠 그런 모습은 거의 사라졌다. 모두가, 아니 거의 모두가 게으름을 피우지 않았다. 그러나 몰리는 아침에 잘 일어나지 못했다. 그녀는 발굽에 돌이 끼었다는 이유로 남들보다 빨리 일터를 떠나기도 했다. 고양이는 별난 행동을 했다. 해야 할 일이 생기면 그 모습을 찾아볼 수가 없었다. 그녀는 몇 시간 동안 쭉 사라졌다가 식사 시간이 되면 다시 나타났다. 또는 일이 끝난 저녁때에 마치 아무 일도 없었다는 것처럼 슬머시 나타났다. 하지만 그녀는 늘 그럴듯한 핑계를 대고 무척 사랑스럽게 '그르렁그르렁' 했기에 동물들은 고양이가 좋은 의도로 그렇게 했다고 생각하지 않을 수 없었다. 늙은 당나귀 벤저민은 반란 이후에도 변한 게 별로 없는 것처럼 보였다. 그는 존스가 있을 때와 다를 바 없이 천천히 고집스러운 방식으로 일을 했는데, 그렇다고 태만한 모습을 보이지도 않았고 또 추가로 일을 더 하겠다고 자원하지도 않았다. 반란과 그 결과에 관해 그는 아무런 의견도 내지 않았다. 존스가 사라졌으니 지금이 더 행복한 것 아니냐는 질문에 그는 이렇게만 말했다.

"당나귀는 오랜 시간을 살지. 너희들 중 아무도 죽은 당나귀를 본 적은 없을걸."

다른 동물들은 그런 아리송한 대답을 듣는 것에 만족하는 수밖에 없었다.

일요일엔 작업이 없었다. 아침 식사는 평소보다 한 시간 늦게 나왔다. 아침을 먹은 다음엔 매주 빼놓지 않고 반드시 지켜야 하는 의식이 있었다. 가장 먼저 하는 일은 깃발을 올리는 것이었다. 스노볼은 마구실에서 전에 존스 부인이 쓰던 낡은 초록색 식탁보를 발견하고 그 위에 발굽과 뿔을 흰 페인트로 그렸다. 매주 일요일 아침 본채 정원에서 깃대에 매달려 올라간 게 바로 이 식탁보 깃발이었다. 스노볼은 초록색은 잉글랜드의 초록빛 들판을 나타내며, 발굽과 뿔은 인간이 타도되었을 때 등장하게 되는 미래의 동물 공화국을 뜻한다고 설명했다. 깃발 게양 이후 모든 동물은 무리를 이뤄 '회의실'로 알려진 큰 헛간에서 열리는 총회에 참석했다. 여기서 다음 주에 할 일을 계획했고, 결의안이 제안되고 토론되었다. 늘 결의안을 제안하는 건 돼지들이었다. 다른 동물들은 투표하는 방법은 알았지만, 스스로 결의안을 생각해내지는 못했다. 토론에서 가장 능동적인 건 단연코 스노볼과 나폴레옹이었다. 하지만 이 둘은 절대 합의를 하는 적이 없었다. 한쪽이 제안하면, 다른 쪽이 그에 반대했다. 고령으로 일할 수 없는 동물들에게 제공할 쉼터로 과수원 뒤의 작은 방목장을 선정한다는 결의안이 통과된 뒤에도 (일단 통과되면 결의안 그 자체에 대해서는 아무도 반대할 수 없었다) 둘은 동물 종류에 따른 은퇴 연령을 두고 치열한 논쟁을 벌였다. 회의는 늘 '잉글랜드의 동물들'을 부르는 것으로 끝났다. 오후는 각자 자유롭게 쉴 수 있는 시간으로 주어졌다.

돼지들은 마구실을 자기들이 쓸 본부로 확보했다. 여기서 저녁이 되면 그들은 대장장이 일, 목공 일, 그 외의 다른 필요한 기술을 본채에서 가져온 책을 통해 익혔다. 스노볼은 여러 동물들을 위원으로 임명하여 그가《동물 위원회》라고 부르는 조직을 만드느라 분주했다. 그는 그 일에 끈덕지게 달라붙었다. 그는 암탉들로는《달걀 생산 위원회》를, 암소들로는《깨끗한 꼬리 연맹》을 만들었다. 또한《야생 동무 재교육 위원회》는 쥐와 토끼를 길들이는 목표를 갖고 있었다. 양들로는《더욱 하얀 양털 운동》을 만들었고, 그 외에도 다양한 다른 조직이 생겼다. 이와는 별개로 글을 읽고 쓰는 법을 알려주는 강의도 마련되었다. 전반적으로 볼 때 이런 계획은 실패작이었다. 예를 들면 야생 동물을 길들이려는 시도는 거의 시작하자마자 실패했다. 야생 동물들은 계속 이전처럼 행동했고, 너그럽게 대하면 그걸 이용하려고만 했다. 고양이는《재교육 위원회》에 참가하여 며칠 동안은 아주 적극적인 모습을 보였다. 어느 날엔 지붕 위에 앉아 손이 닿지 않는 곳에 있는 참새들에게 말을 거는 고양이의 모습이 발견되었다. 그녀는 모든 동물이 이젠 동무이니 참새도 자신의 발 위에 내려앉아 쉬면 된다고 말하는 중이었다. 하지만 참새는 계속 거리를 두었다.

　하지만 글을 읽고 쓰는 법을 가르치는 강의는 대성공을 거두었다. 가을이 되자 거의 모든 농장 동물이 어느 정도는 글을 읽고 쓸 수 있게 되었다.

돼지들은 이미 완벽하게 글을 읽고 쓸 수 있었다. 개들은 글을 아주 잘 읽었지만, 일곱 계명 말고 다른 걸 읽는 일에는 관심을 보이지 않았다. 염소 뮤리엘은 개들보다 글을 더 잘 읽었는데, 때로는 쓰레기 더미에서 찾은 신문 조각을 가져와 저녁이면 다른 동물들에게 읽어주곤 했다. 벤저민은 돼지만큼 글을 잘 읽었지만, 절대 자기 능력을 보여주는 일이 없었다. 그는 자기가 아는 한, 읽을 만한 가치가 있는 것들이 없다고 말했다. 클로버는 알파벳은 전부 배웠지만, 그것을 모아 단어로 만들지는 못했다. 복서는 알파벳 D 이상 넘어가지 못했다. 그는 그 큰 발굽으로 땅에다 A, B, C, D를 써놓고는 두 귀를 뒤로 젖히고 때로는 앞머리를 흔들기도 하면서 글자들을 바라봤다. 그는 최대한 집중하여 다음에 무슨 글자가 오는지 기억하려고 했지만, 결코 성공하지 못했다. 사실 몇 번 정도 E, F, G, H를 떠올리기도 했지만, 그 네 글자를 기억하고 나면 늘 A, B, C, D를 까먹었다. 마침내 그는 첫 네 글자에 만족하기로 하고, 매일 기억을 되살리고자 한두 번 정도 그 네 글자를 써보는 버릇을 들였다. 몰리는 자기 이름에 사용되는 여섯 글자를 제외하곤 글자를 배우길 기부했다. 그녀는 나무의 잔가지를 모아 아주 깔끔하게 자기 이름을 쓰고, 한두 송이의 꽃을 가져와 그것을 장식하고는 그 주변을 걸으며 스스로 감탄했다.

그 외의 다른 농장 동물들은 A에서 더 넘어가지 못했다. 머리가 잘 안 돌아가는 동물들, 가령 양, 암탉, 오리 등은 일곱 계명도 외우지 못한다는 사실이 밝혀졌다. 스노볼은 한참 생각하고는 일곱 계명은 사실 하나의 격언으로 요약할 수 있다고 선언했다. 그 격언은 바로《네 다리는 좋고, 두 다리는 나쁘다》였다. 스노볼은 이 격언이 동물주의 사상의 정수를 담고 있다고 했다. 그는 또한 이 격언을 완전히 파악한 동물이라면 누구든지 인간의 영향을 받지 않는다고 했다. 새들은 두 다리를 가지고 있기에 처음에 이 격언에 이의를 제기했지만, 스노볼은 그렇지 않다는 걸 입증했다.

"동무들, 새의 날개는 추진력을 내는 기관입니다. 그걸로 속임수를 쓰지는 않잖습니까. 그러니 날개는 다리로 간주해야 합니다. 인간의 특징은 손입니다. 그걸로 온갖 나쁜 짓은 다 하고 다니죠."

새들은 스노볼의 장황한 말을 알아듣지 못했지만, 그의 설명은 받아들였다. 모든 비천한 동물들은 새로운 격언을 외워서 배우는 일을 시작했다. 네 다리는 좋고 두 다리는 나쁘다는 격언은 헛간 벽 일곱 계명 위에 그것들보다 좀 더 큰 글자로 적혔다. 일단 외우는 데 성공하자 양들은 이 격언을 무척 좋아하게 되었다. 그들은 들판에 누워 있을 때 빈번하게 "네 다리는 좋고, 두 다리는 나쁘다! 네 다리는 좋고, 두 다리는 나쁘다!"라고 합창했다. 심지어 그들은 지치는 줄도 모르고 몇 시간 동안 쉬지 않고 그 격언을 외치기도 했다.

　나폴레옹은 스노볼이 조직한 위원회들엔 전혀 관심이 없었다. 그는 이미 성장한 동물들을 대상으로 하는 것보다 어린 동물들에게 하는 교육이 훨씬 더 중요하다고 말했다. 제시와 블루벨은 건초 수확이 끝나고 얼마 지나지 않아 아홉 마리의 튼튼한 새끼를 낳았다. 나폴레옹은 새끼들이 젖을 떼자마자 자신이 그들의 교육을 책임지겠다면서 어미들로부터 떼어놓았다. 그는 마구실 중 사다리로만 올라갈 수 있는 다락에 강아지들을 데려가 농장에서 격리시켰고, 다른 동물들은 곧 그들의 존재마저 잊게 되었다.

　얼마 지나지 않아 사라진 우유의 행방이 드러나게 되었다. 우유는 매일 돼지들의 사료에 섞여 들어가고 있었다. 사과는 이제 잘 익어가는 중이었고, 과수원의 풀밭은 바람에 떨어져 여기 저기 흩어진 사과들만 있었다. 동물들은 당연히 떨어진 사과들이 공평하게 분배될 것으로 생각했다. 그러나 어느 날, 돼지들의 식사용으로 쓴다면서 떨어진 사과를 모두 모아 마구실로 가져오라는 지시가 내려왔다. 이에 몇몇 동물은 투덜거렸지만, 아무런 소용이 없었다. 모든 돼지는 이 문제에 관해 견해으로 합의가 된 상태였다. 스노볼과 나폴레옹조차 서로 의견을 달리하지 않았다. 스퀼러는 해명을 할 목적으로 여러 동물들 앞에 파견되었다.

"동무 여러분!" 스퀼러가 소리쳤다. "우리 돼지들이 이기적이고 특권 의식이 있어 이런 일을 했다고 생각하지 말기를 바랍니다. 실은 우유와 사과를 좋아하는 돼지는 몇 없습니다. 나 역시 싫어하는 건 마찬가지고요. 그래도 이런 일을 하는 유일한 이유는 우리 건강을 지키기 위해서입니다. 동무들, 과학으로도 증명된 바와 같이, 우유와 사과에는 돼지의 건강에 절대 필요한 물질이 들어있습니다. 우리 돼지들은 지식 노동자입니다. 이 농장을 관리하고 조직하는 건 전적으로 우리 돼지들 몫이라고요. 우리는 동무 여러분의 복지를 위해 밤낮을 가리지 않고 신경을 쓰고 있습니다. 우리가 우유를 마시고 사과를 먹는 건 여러분을 위해서입니다. 우리 돼지들이 의무를 다하지 못하면 어떤 일이 벌어질지 아십니까? 존스가 다시 돌아옵니다! 그래요, 존스가 다시 돌아올 겁니다! 아주 확실한 일입니다, 동무 여러분."

스퀼러가 거의 애원하듯 소리쳤다. 그는 좌우로 가볍게 뛰면서 꼬리를 흔들고 있었다.

"여러분 중에 존스가 다시 돌아오는 꼴을 보고 싶은 사람은 분명 아무도 없겠지요?"

동물들이 한 가지 확신하는 사항이 있다면 그건 존스가 돌아오는 것만은 절대로 안 된다는 것이었다. 그런 식으로 이야기를 몰고 가자 동물들은 더는 할 말이 없었다. 돼지들의 건강이 중요하다는 건 너무나 명확했다. 결국 우유와 떨어진 사과(그리고 이후 익은 사과까지)는 돼지들 몫이라는 데에 모두가 이의 없이 동의했다.

제4장

늦여름 무렵에 동물 농장에서 벌어졌던 일에 관한 소식이 그 고장의 절반 지역에 알려지게 되었다. 스노볼과 나폴레옹은 매일 비둘기들을 밖으로 보냈다. 그들의 임무는 인근 농장들의 동물들과 뒤섞여 그들에게 반란 이야기를 전하고, '잉글랜드의 동물들' 노래를 가르치는 것이었다.

이 무렵 존스 씨는 윌링던의 레드 라이언 술집 바에 앉아 대부분의 시간을 보냈다. 그는 귀를 기울여주는 사람이면 아무나 붙잡고 아무짝에도 쓸모없는 동물들 때문에 농장에서 쫓겨났다면서, 이런 말도 안 되는 부당한 일이 천하에 있을 수 있냐고 한탄했다. 다른 농부들은 그를 대체로 동정했지만, 처음에는 별로 큰 도움을 주지 않았다. 오히려 속으로는 은밀하게 존스의 불행을 통해 자신이 어떻게든 이득을 올리는 방안이 없나 궁리했다. 동물 농장에 인접한 농장은 두 곳이 있었는데, 다행스러운 것은 두 농장주가 늘 사이가 나빴다는 점이었다. 폭스우드 농장은 크지만 관리가 소홀한 구식 농장이었다. 농장은 관리를 제대로 하지 않아 숲이 너무 우거져 있었고, 목초지는 엉망인 데다 울타리는 보기 부끄러울 정도로 망가진 상태였다. 그 농장의 소유주인 필킹턴 씨는 태평한 신사였는데, 계절에 따라 낚시나 사냥으로 대부분의 시간을 보냈다. 핀치필드라는 다른 농장은 폭스우드보다 작지만, 훨씬 관리가 잘 되는 곳이었다. 소유주 프레데릭 씨는 단단하고 빈틈없는 사람이었는데, 늘 송사에 휘말려 있었다. 그는 또 일방적으로 자기한테 유리한 협상을 밀어붙이기로 악명 높은 사람이었다. 두 농장주는 서로 끔찍이 싫어해서 양자 간에 합의를 보는 건 무척 어려운 일이었다. 심지어 서로에게 이익이 되는 일에서도 그들은 좀처럼 합의를 하지 않았다.

그럼에도 불구하고 두 사람은 동물 농장에서 벌어진 반란 때문에 엄청나게 겁을 먹었고, 자기 농장 동물들이 그 반란 사건으로부터 지나치게 많이 배우는 걸 막으려고 무척 누심초사했다. 처음에 그들은 동물들이 자치적으로 농장을 관리한다는 생각을 조롱하며 비웃는 모습을 보였다. 보름만 지나면 그 농장은 저절로 망할 것이라고 말했다. 그들은 또한 메이너 농장 동물들이(그들은 '동물 농장'이라는 이름을 도저히 용납할 수 없었기에 '메이너 농장'이라고 계속 불렀다) 끊임없이 서로 싸우고 있으니까 빠르게 굶어 죽을 것이라고 소문을 냈다. 시간이 흘러도 동물들이 전혀 굶어 죽지 않자 프레데릭과 필킹턴은 그들의 태도를 바꿔 동물 농장에서 지금 끔찍하고 사악한 일이 벌어지고 있다고 떠벌리기 시작했다. 그 농장의 동물들이 서로 잡아먹고 있으며, 서로 시뻘겋게 달군 편자로 고문하고, 암컷을 공유하고 있다는 소문을 퍼트렸다. 그것은 자연의 법칙을 위반했기에 벌어진 일이라고 프레데릭과 필킹턴은 말했다.

하지만 이런 이야기가 액면 그대로 받아들여지는 일은 없었다. 인간이 추방되고 동물이 스스로 관리하는 멋진 농장에 관한 소문은 계속 모호하고 왜곡된 형태로 그 고장에서 떠돌았고, 한 해 내내 그 농촌 지역에서 반란의 기운이 퍼져나갔다. 늘 다루기 쉬웠던 황소들이 갑자기 몹시 사납게 변했고, 양은 울타리를 부수고 클로버를 게걸스럽게 먹어댔다. 암소는 들통을 걷어차 쓰러뜨렸으며, 사냥 말은 울타리를 뛰어넘는 걸 거부하고 기수를 울타리 반대쪽으로 내동댕이쳤다. 무엇보다 '잉글랜드의 동물들' 노래와 가사가 모든 지역에서 알려졌다. 이 노래는 정말 놀라운 속도로 퍼져나갔다. 인간들은 이 노래를 들었을 때 분노를 억누를 수 없었지만, 그저 우스꽝스러운 노래라고 여기는 척했다. 인간들은 이런 상황을 이해할 수 없었고, 아무리 동물이라도 어떻게 이런 하찮은 쓰레기를 노래랍시고 부를 수 있느냐고 비아냥거렸다. 그 노래를 부르다 걸린 동물은 누구든 그 자리에서 매질을 당했다. 하지만 그렇게 해도 동물들이 노래 부르는 것을 막을 수는 없었다. 찌르레기는 울타리에서 노래를 지저귀었고, 비둘기는 느릅나무에서 '구구' 소리를 내며 노래를 불렀는데, 이 소리는 대장간에서 나는 소음과 교회 종탑에서 울려 퍼지는 종소리에 섞여 들었다. 인간은 그 노래를 듣고는 마치 파멸의 예언을 들은 것처럼 은밀하게 몸을 부르르 떨었다.

10월 초가 되자 동물 농장에선 옥수수를 베어 쌓아두었고, 일부는 이미 탈곡까지 마쳤다. 그런데 그때 갑자기 비둘기 떼가 급히 날아와 동물 농장 마당에 내려앉았다. 그들은 극도로 흥분한 상태였다. 그들은 존스와 그가 폭스우드와 핀치필드에서 데려온 여섯 명의 인간이 빗장 다섯 개 달린 대문 안으로 들어왔으며, 농장으로 가는 짐마차 길을 따라 이동해 오고 있다는 소식을 전했다. 인간들은 전부 곤봉을 들었는데, 예외적으로 존스는 두 손으로 엽총을 들고 농장으로 오고 있다는 것이었다. 그것은 농장을 다시 점령하려는 시도가 분명했다.

이는 오래 전부터 예상되었던 것이고, 따라서 모든 대책은 이미 마련되어있었다. 스노볼은 전에 본채에서 율리우스 카이사르의 전쟁을 다룬 오래된 책을 찾아 연구했기에 농장 방어 작전의 책임자가 되었다. 그는 빠르게 동원 명령을 내렸고, 몇 분만에 모든 동물이 임무를 부여받고 각자의 위치에 배치되었다.

인간들이 농장 건물들로 접근하자 스노볼은 첫 번째 공격을 개시했다. 서른다섯 마리의 비둘기들이 공중에서 이리저리 날며 인간들의 머리에다 똥을 쌌다. 산울타리 뒤에 숨었던 거위들은 머리의 똥을 털어내는 인간들에게 달려들어 그들의 종아리를 맹렬하게 쪼았다. 하지만 그것은 약간의 혼란을 일으키려는 가벼운 소규모 접전에 불과했고, 인간들은 곤봉으로 쉽게 거위들을 물리쳤다. 스노볼은 이제 두 번째 공격을 개시했다. 뮤리엘과 벤저민, 그리고 모든 양들이 스노볼을 선두에 세워 돌격하면서 온 사방에서 인간들을 찌르고 들이받았다. 벤저민은 몸을 빙 돌려 그 작은 발굽으로 인간들의 몸을 후려쳤다. 하지만 인간들이 다시 한 번 곤봉과 징을 박은 장화로 강력하게 반격해오자 동물들은 제대로 대적할 수가 없었다. 그 때 스노볼이 갑자기 꽥 소리를 지르면서 후퇴 신호를 보내자, 모든 동물이 등을 돌려 농장 진입로를 따라 마당으로 도망쳤다.

인간들은 승리의 함성을 내질렀다. 예상했던 것처럼 동물들이 도망치는 걸 본 인간들은 무질서한 대형으로 그 뒤를 추격했다. 그런 무질서한 추격은 스노볼이 의도한 것이었다. 동물들이 마당으로 무사히 들어오자마자 외양간에 매복하던 세 마리의 말, 세 마리의 암소, 나머지 돼지들이 갑자기 인간들의 뒤로 나타나 그들의 퇴로를 끊었다. 스노볼은 이제 일제히 공격하라는 신호를 보냈다. 그는 곧장 존스에게 달려들었다. 존스는 스노볼이 달려드는 걸 보고 엽총을 들어 발사했다. 스노볼의 등은 총알에 찰과상을 입어 피가 났고, 양 한 마리는 총알에 정통으로 맞아 즉사했다. 스노볼은 15스톤*의 몸을 던져 존스의 다리를 들이받았다. 그 충격에 존스는 똥거름 더미 위로 나자빠졌고, 손에서 놓친 엽총은 어딘가로 날아갔다. 가장 무시무시한 모습을 보인 건 복서였다. 그는 뒷다리로 일어서서 종마처럼 쇠 편자를 박은 큰 발굽으로 인간을 공격했다. 그의 첫 번째 타격은 폭스우드 농장 마구간지기 소년의 머리 위에 떨어졌는데, 소년은 강타당한 후 진흙 속에서 큰 대자로 뻗은 채 전혀 움직이지 않았다. 그 광경을 보고서 인간들은 곤봉을 내버렸고 이어 몸을 돌려 도망치려 했다. 그들은 공황 상태에 빠졌고, 다음 순간 모든 동물이 합심하여 인간들을 추격하며 마당을 빙빙 돌았다. 인간들은 뿔로 받히고, 차이고, 물리고, 짓밟혔다. 모든 동물은 저마다 그 나름의 방식으로 인간들에게 보복했다. 심지어 고양이조차 갑자기 지붕에서 소치기 남자의 어깨로 뛰어내려 그의 목덜미를 발톱으로 할퀴었다. 소치기는 고통을 이기지 못하고 비명을 내질렀다. 도망갈 구멍이 보이는 순간, 인간들은

---

* 1스톤은 대략 6.35킬로그램

그 기회를 놓치지 않고 황급히 마당을 빠져나가 주 도로로 쏜살같이 달아났다. 그렇게 하여 공격해 온 지 5분 만에 인간들은 왔던 길로 수치스럽게 후퇴했고, 거위 떼는 '쉬익'하는 소리를 내더니 그들의 뒤를 내내 쫓으면서 종아리를 쪼아댔다.

한 사람을 제외하고 모든 인간이 퇴각했다. 마당으로 돌아간 복서는 진흙에 얼굴이 처박힌 마구간지기 소년을 발굽으로 건드리며 어떻게든 뒤집어 보려 했다. 그는 전혀 움직이지 않았다.

"죽었어." 복서가 슬픈 목소리로 말했다. "이렇게 하려고 했던 게 아니야. 쇠 편자를 차고 있다는 걸 잊어버렸어. 내가 이럴 생각이 없었다는 걸 누가 믿어줄까?"

"감상적인 생각하지 마세요, 동무!" 스노볼이 소리쳤다. 그의 등에 난 상처에선 여전히 피가 뚝뚝 떨어지고 있었다.

"전쟁은 전쟁입니다. 인간들 중에 좋은 인간이라고는 죽은 인간뿐입니다."

"나는 목숨을 뺏고 싶지 않았어요. 상대가 인간이더라도."

복서의 눈엔 눈물이 그렁그렁했다.

"몰리는 어디 있어?" 누군가가 소리쳤다.

그러나 몰리는 사라지고 없었다. 잠시 동물들은 크게 불안해졌다. 어떤 식으로든 인간이 그녀에게 피해를 보였을 수도 있고, 아니면 아예 끌고 갔을 수도 있기 때문이었다. 하지만 결국 그녀는 마구간에서 건초 담긴 여물통에 머리를 처박은 채로 발견되었다. 그녀는 존스가 총을 쏘는 걸 보자마자 도망친 것이었다. 동물들이 몰리를 찾아내어 돌아오자 마구간지기 소년은 사라지고 없었다. 실제로는 죽지 않고 기절했던 것이어서 정신이 들자마자 황급히 달아난 것이었다.

다시 모인 동물들은 엄청난 흥분을 주체할 수 없었다. 그들은 저마다 목청껏 자기가 공을 세웠다고 했다. 승전 기념행사는 그 자리에서 곧바로 즉흥적으로 열렸다. 동물들은 발굽과 뿔이 그려진 깃발을 깃대에 올렸고, '잉글랜드의 동물들'을 여러 차례 불렀다. 전사한 암양을 위한 장례식이 엄숙히 거행되었으며, 산사나무 관목이 그녀의 무덤 위에 심어졌다. 무덤 옆에서 스노볼은 짤막한 연설을 하면서 필요하다면 모두가 동물 농장을 위해 기꺼이 목숨을 내놓을 각오를 해야 한다고 강조했다.

동물들은 만장일치로 훈장을 만들기로 했다. '1등 동물 영웅 훈장'은 즉시 스노볼과 복서에게 수여되었다. 둘은 황동 메달 (실제로는 마구실에서 발견한 것으로서, 마구에 붙이던 오래된 황동 장식)을 받았는데, 일요일과 공휴일에 패용할 수 있었다. '2등 동물 영웅 훈장'은 죽은 암양에게 수여되었다.

전투의 명칭을 어떻게 정해야 할지 많은 논의가 있었고, 결국 외양간 전투로 명명되었다. 매복 공격이 시작된 곳이 외양간이었기 때문이다. 존스 씨의 엽총은 진흙 속에서 발견되었고, 본채에서는 탄약통이 발견되었다. 동물들은 그 엽총을 마치 대

포인 것처럼 깃대 아래에 전시하기로 했으며, 외양간 전투 기념일인 10월 12일과 반란 기념일인 미드서머 데이*에 각각 그 총을 발사하기로 했다.

---

* 세례자 요한 탄생 축일이라고도 하는데 6월 24일이다.

제5장

겨울이 다가오자 몰리는 점점 더 골칫거리가 되어갔다. 그녀
는 매일 아침 늦게 출근했고 늦잠을 잤다고 변명하거나 알 수
없는 고통에 시달린다고 불평했으나 그럼에도 불구하고 식욕
은 대단했다. 그녀는 온갖 핑계를 대고 일터에서 도망쳤으며,
그렇게 빠져나간 뒤엔 식수 저수지로 가서 물에 비치는 자신의
모습을 바라보며 멍청하게 서 있었다. 하지만 그보다 더 심각
한 소문도 있었다. 하루는 몰리가 긴 꼬리를 획획 흔들어대고
긴초 흰 대를 씹으면서 괴활하게 마당 안으로 한가로이 들어왔
는데, 클로버가 그녀를 자기 옆으로 불러 말했다.

"몰리." 클로버가 말했다. "아주 심각한 이야기야. 오늘 아침
에 네가 동물 농장과 폭스우드 농장의 경계가 되는 산울타리

저쪽을 쳐다보는 걸 봤어. 필킹턴의 일꾼 한 사람이 울타리 반대편에 서 있었지. 나는 멀리 있었지만 분명하게 그 광경을 봤어. 그가 너한테 말을 걸었고, 너의 코를 쓰다듬는데도 넌 가만히 있었어. 대체 무슨 생각이야, 몰리?"

"아냐! 난 안 그랬어! 사실이 아니야!" 몰리가 뒷발로 뛰어오르고 앞발로 흙을 파내기 시작하며 말했다.

"몰리! 내 얼굴을 똑바로 쳐다 봐. 그자가 네 코를 만지지 않았다고 맹세할 수 있어?"

"사실이 아니라고!" 몰리가 반복해서 말했지만, 그녀는 클로버의 얼굴을 제대로 쳐다보지 못했다. 이후 그녀는 도망쳐서 들판 쪽으로 온 힘을 다해 달려갔다.

클로버에겐 갑자기 어떤 생각이 떠올랐다. 다른 동물에게는 아무런 말을 하지 않고 그녀는 몰리의 마구간으로 가서 발굽으로 거기 깔린 짚을 뒤집어 보았다. 짚 아래에는 각설탕이 약간 쌓여 있었고, 각각 색이 다른 리본이 한 묶음 놓여 있었다.

사흘 뒤에 몰리는 사라졌다. 그녀가 어디로 갔는지는 몇 주 동안 알 수 없었다. 시간이 흘러갔고 비둘기들은 윌링던 반대편에서 그녀를 보았다고 보고했다. 그녀는 선술집 밖에 세워둔 붉은 색과 검은 색을 칠한 깔끔한 이륜마차의 두 굴대를 등에 메고 서 있었다. 체크무늬 반바지를 입고 각반을 찬 붉은 얼굴의 뚱뚱한 남자는 선술집 주인처럼 보였는데, 몰리의 코를 쓰다듬고 각설탕을 먹여줬다. 몰리의 털은 깎은 지 얼마 되지 않았고, 앞 갈기 주위로 진홍색 리본을 달고 있었다. 비둘기들은 몰리가 퍽 즐거운 것 같았다고 보고했다. 이후로 몰리 얘기를 하는 동물은 아무도 없었다.

1월이 되자 지독한 한파가 닥쳤다. 땅은 무쇠처럼 단단하게 얼어붙었고, 밭에선 아무 일도 할 수 없었다. 큰 헛간에선 많은 회의가 열렸고, 돼지들은 다가오는 계절에 해야 할 일의 계획을 세우는데 몰두했다. 다른 동물보다 훨씬 영리한 돼지들이 농장 정책에 관하여 모든 문제를 결정한다는 건 이미 받아들여진 것이었지만, 그들이 결정했다고 하더라도 승인되려면 과반수 투표를 얻어야 했다. 이런 방식은 스노볼과 나폴레옹의 불화가 없었더라면 무척 효과적이었을 것이다. 이 두 돼지는 다른 의견이 나올 수 있는 모든 문제에서 서로 의견이 맞지 않았다. 한쪽이 보리농사에 더 넓은 땅을 할당해야 한다고 하면, 다른 한쪽은 보리가 아닌 귀리에 그렇게 해야 한다고 주장했다. 또 한쪽이 어느 땅을 양배추 재배에 적합한 곳이라고 하면, 다른 쪽은 근채류(根菜類) 외엔 심어봤자 쓸모없는 땅이라고 맞섰나. 스노볼과 나폴레옹에겐 각각 추종자들이 있었고 그들 사이에서 여러 차례 치열한 논쟁이 벌어졌다. 회의에서 스노볼은 빈번하게 그 유려한 연설로 많은 동물을 자기편으로 끌어들였으나, 반면에 나폴레옹은 한 회의에서 다음 회의에 이르는 시간대에 지지 유세를 펼쳐서 조직을 다지는 일을 훨씬 더 잘 했다. 나폴레옹은 특히 양들의 지지를 받고 있었다. 최근 양들은 시도 때도 없이 "네 다리는 좋고, 두 다리는 나쁘다"고 외쳐댔고, 자주 이 말로 회의를 중단시켰다. 그들은 특히 스노볼의 연설에서 주요한 대목에 이르면 "네 다리는 좋고, 두 다리는 나쁘다"라고 외치며 끼어들었다. 스노볼은 본채에서 찾아낸 《농부와 목축업자》 잡지 몇 권을 면밀히 연구하여 농장을 혁신적으로 개선하는 계획을 한 가득 내놓았다. 그는 배수관, 목초 보존법, 염기성 찌꺼기 등의 용어를 사용하며 박식한 면모를 보였고, 똥거름을 짐마차로 운송하는 하는 것을 피하기 위해 모든 동물이 매일 밭의 다른 부분에 직접 배변을 하자는 복잡한 계획을 제시하기도 했다. 나폴레옹은 스스로 계획을 제시하는 일이 없었지만, 스노볼의 계획이 허사가 될 것이라고 나지막하게 말했다. 그는 적당한 때를 기다리는 것 같았다. 하지만 모든 논란 중에서도 풍차를 두고 벌어진 논쟁만큼 치열한 것은 없었다.

농장 건물들에서 그리 멀지 않은 기다란 목초지에는 작은 언덕이 하나 있었는데, 농장에서 가장 높은 곳이었다. 작은 언덕을 살펴본 스노볼은 이곳이야말로 풍차를 세울 최적의 장소라고 말했다. 풍차는 발전기를 돌리게 할 것이고, 그렇게 되면 농장에 전력을 공급할 수 있었다. 전력은 외양간에 전깃불을 들어오게 할 것이고, 겨울엔 난방을 공급할 것이었다. 또한 회전

톱, 볏짚 절단기, 사탕무 절단기, 전기 착유기도 전력을 활용하면 무난히 사용할 수 있었다. 동물들은 전엔 이런 말은 아예 들어본 적이 없었다. 왜냐하면 농장이 구식이라 지극히 원초적인 기계들만 있었기 때문이다. 게다가 스노볼은 환상적인 기계들을 말로 설명해 보이면서 그것들이 동물의 일을 대신해줄 것이며, 그러면 동물들은 들판에서 편안히 풀을 뜯어 먹거나 독서와 대화로 정신 수양을 할 수 있으리라는 말까지 덧붙였다. 동물들은 놀라면서 그 얘기를 들었다.

몇 주 내에 스노볼의 풍차 계획은 완전히 마무리되었다. 기계적인 세부 사항은 대부분 존스 부인이 보던 세 권의 책《집을 관리하는 1천 가지 유용한 방법》《누구나 벽돌공이 될 수 있다》그리고《초보자를 위한 전기학》에서 가져온 것이었다. 스노볼은 한때 부화실로 사용했던 헛간을 자기 서재로 삼았다. 그곳은 매끈한 나무 바닥이 있어 뭔가 그림을 그리기에 적합한 곳이었다. 그는 한 번 들어박히면 몇 시간 동안 나오지 않았다. 그는 책들을 펼쳐 돌로 고정시키고는 앞발의 발톱 사이에 분필을 끼고 앞뒤로 빠르게 움직이며 계속 선을 그려나갔다. 이 작업에 몰두했을 때 그는 실제 끙끙거리는 소리까지 냈다. 점차 그의 계획은 크랭크와 톱니바퀴가 가득한 복잡한 물건으로 변했고, 풍차의 설계도는 헛간 바닥을 절반 이상 차지하게 되었다. 다른 동물들은 그것을 전혀 이해할 수 없었지만, 그래도 깊은 인상을 받았다. 모든 동물이 적어도 하루에 한 번은 스노볼의 풍차 설계도를 보러 왔다. 심지어 암탉과 오리까지 그림을 보러 왔는데, 그들은 분필 자국을 밟지 않으려고 무척 애썼다. 냉담하게 그 설계도와 거리를 둔 건 나폴레옹뿐이었다. 그는 처음부터 풍차 사업에 반대하고 나섰다. 그런데 어느 날 그가 계획을 검토하러 불쑥 스노볼의 서재에 나타났다. 그는 서재 주변을 큰 소리를 내며 걸어 다녔고, 설계도의 모든 세부 사항을 자세하게 바라봤다. 한두 차례 코를 실룩거리던 그는 잠시 서서 곁눈질로 그 그림을 바라봤다. 그러다가 갑자기 다리를 들어 올려 설계도에 오줌을 갈겼고, 단 한마디도 하지 않으며 밖으로 나갔다.

온 농장이 풍차 문제로 심각하게 분열되었다. 스노볼은 풍차 건설이 어려운 사업이라는 점을 부정하지 않았다. 돌을 캐 와야 할 것이고, 벽을 지어야 할 것이고, 풍차에 달 날개도 만들어야 할 것이고, 그 뒤로는 발전기와 전선도 필요할 것이었다. 그런데 스노볼은 어떻게 이것들을 마련할지에 관해선 아무런 이야기도 하지 않았다. 하지만 그는 1년이면 그 사업을 끝마칠 수 있다고 주장했다. 그는 풍차 건설 이후에는 노동을 많이 할 필요가 없어지므로 동물들이 한 주에 사흘만 일하면 된다고 선언했다. 반면 나폴레옹은 지금 시급한 일은 식량 생산을 늘리는 것으로, 풍차에 시간을 낭비하면 모두 굶어 죽게 될 것이라고 주장했다. 동물들은 서로 다른 구호를 외치는 두 개의 파벌로 나뉘었다. 스노볼은 '스노볼에게 투표하여 매주 3일 노동을'이라는 구호를, 나폴레옹은 '나폴레옹에게 투표하여 가득 찬 여물통을'이라는 구호를 내세웠다. 벤저민은 어느 파벌에도 끼지 않은 유일한 동물이었다. 그는 식량을 더 풍족하게 얻을 수 있다는 주장이나 풍차가 노동을 줄여줄 것이라는 주장을 전혀 믿지 않았다. 그는 풍차가 있든 말든 삶은 늘 그랬던 것처럼 계속 힘들게 굴러갈 것이라고 말했다.

풍차를 두고 벌어진 논쟁과는 별개로 농장 방위에 관한 문제도 있었다. 외양간 전투에서 패배하긴 했지만, 인간들이 농장을 다시 점령하고 존스 씨를 복귀시키기 위해 그보다 더 결연한 공격을 또 다시 해올 것이라는 점을 모르는 동물은 없었다. 그들은 더욱 경계해야 할 이유가 있었다. 왜냐하면 인간이 패배한 소식이 농촌 지역에 퍼졌고, 이웃 농장의 동물들도 그 어느 때보다 반항적으로 변했기 때문이다. 늘 그랬던 것처럼 스노볼과 나폴레옹은 방위 문제에서도 의견이 맞지 않았다. 나폴레옹에 따르면 동물들이 반드시 해야 하는 일은 무기를 확보하고 그것을 사용할 수 있게 훈련을 받는 것이었다. 이에 반해 스노볼은 더 많은 비둘기를 보내 다른 농장 동물들이 반란을 일으키도록 부추기는 것을 해결책으로 제시했다. 한쪽은 자체적으로 방어하지 못한다면 정복당할 수밖에 없다고 주장했고, 다른 한쪽은 모든 곳에서 반란이 일어나면 방어를 할 필요가 전혀 없다고 주장했다. 동물들은 처음에는 나폴레옹의 말을 들었다가 다시 스노볼의 말을 들었다. 그들은 어떤 방향이 옳은지 결정할 수 없었다. 실제로 그들은 나폴레옹이 말하면 그 말에 동의하고 다시 스노볼이 말하면 그 이야기에 고개를 끄덕였다.

스노볼의 설계도가 마침내 완성되었다. 이후 열릴 일요일 회의에선 풍차 건설의 시행 여부가 투표에 부쳐지게 되었다. 동물들이 큰 헛간에 모이자 스노볼이 일어섰다. 양들이 가끔 소리를 내며 끼어들긴 했지만, 그는 풍차 건설을 옹호하는 이유를 조곤조곤 말했다. 이에 나폴레옹이 대응하고자 일어섰다. 그는 아주 조용하게 풍차 건설은 터무니없는 일이며, 누구도 그쪽에 표를 주어서는 안 된다고 말하고 곧바로 다시 자리에 앉았다. 그는 고작 30초만 말했을 뿐이었고, 그런 행동이 어떤 결과를 가져올지 거의 무관심한 것처럼 보였다. 이에 스노볼이 벌떡 일어났고, 다시 음매 소리를 내기 시작한 양들에게 조용히 하라고 소리치더니 풍차 건설의 당위성을 열정적으로 호소했다. 그때까지 동물들은 양쪽에 동등하게 지지를 보냈지만, 스노볼이 유창하게 연설을 하자 그의 말에 완전히 빠져들었다. 그는 무척 선명한 언어로 동물들이 지저분한 노동의 부담을 덜게 되었을 때 동물 농장의 모습이 어떻게 변할 것인지를 그려보였다. 그의 상상력은 이제 볏짚 절단기와 순무 절단기를 아득히 넘어 그 다음 단계로 내달리고 있었다. 스노볼은 전력이 탈곡기, 쟁기, 써레, 굴림대, 수확기, 결속기를 움직일 것이며, 그와 별개로 모든 외양간에 전등과 냉온수, 전기난로를 제공해 줄 것이라고 설명했다. 그가 연설을 끝낼 때가 되자 동물들의 표가 어디로 갈지 자명해졌다. 하지만 바로 이 순간 나폴레옹이 벌떡 일어서더니 스노볼을 기이하게 곁눈질로 바라보며 전에 단 한 번도 내지 않았던 자지러지는 비명 소리를 내질렀다.

이 소리에 바깥에선 끔찍한 개 짖는 소리가 났고, 황동 징이 박힌 목걸이를 찬 아홉 마리의 커다란 개가 헛간으로 뛰어들어 왔다. 개들은 곧장 스노볼에게 달려들었다. 때맞춰 자리에서 뛰어나오지 않았더라면 그는 개들에게 턱을 물리고 말았을 것이었다. 스노볼은 순식간에 문밖으로 도망쳤고, 개들은 그 뒤를 쫓았다. 동물들은 모두 놀라고 겁먹어 말조차 할 수 없는 상태로 출입문에 몰려서 개들이 스노볼을 쫓는 장면을 지켜봤다. 그는 도로로 이어지는 긴 목초지를 가로질러 미친 듯이 달려갔다. 그는 돼지 특유의 속도로 달리고 있었지만, 개들은 그의 뒤를 바싹 쫓고 있었다. 그러다 스노볼이 갑자기 미끄러졌고, 분명 붙잡히는 것처럼 보였다. 하지만 그는 다시 일어나 전에 없는 속도로 다시 뛰기 시작했다. 개들은 곧 스노볼에 가까워졌다. 개들 중 한 마리가 스노볼의 꼬리를 거의 물 뻔 했지만, 그는 꼬리를 제때 획 하고 뺀 덕분에 잡히지는 않았다. 그 다음에 스노볼은 그야말로 젖 먹던 힘까지 다 짜내가며 달렸고, 몇 인치 차이로 개들을 따돌리고 울타리의 구멍을 빠져나갔다. 그는 그 이후로 더 이상 보이지 않았다.

동물들은 겁에 질린 채 입을 다물고 천천히 헛간으로 되돌아왔다. 개들은 곧장 헛간으로 다시 돌아왔다. 처음엔 누구도 그 개들이 어디서 왔는지 생각해내지 못했다. 하지만 곧 답이 나왔다. 그들은 나폴레옹이 어미 개들로부터 빼앗아 개인적으로 기른 강아지들이었다. 다 자라지 않았지만 그래도 커다란 개였다. 사납게 생긴 건 마치 늑대를 떠올리게 했다. 그들은 나폴레옹 옆에 바싹 붙어있었다. 개들은 나폴레옹에게 꼬리를 흔들고 있었는데, 이 모습은 옛날 다른 개들이 존스 씨에게 꼬리를 흔들던 모습과 똑 같았다.

나폴레옹은 개들을 대동한 상태로 바닥이 솟아오른 연단으로 올라갔다. 그곳은 전에 메이저가 동물주의의 연설을 하던 자리였다. 나폴레옹은 이후로 일요일 아침 회의는 폐지한다고 발표했다. 그는 회의가 필요하지도 않을 뿐만 아니라 시간 낭비라고 했다. 그는 앞으로 농장 작업에 관한 모든 문제는 돼지들로 구성된 특별 위원회에서 처리할 것이며, 자신이 위원장이 되어 주재할 것이라고 말했다. 돼지들은 은밀하게 만나서 회의를 하고 그 후에 그들의 결정을 다른 동물들에게 전한다는 것이었다. 동물들은 이전처럼 일요일 아침에 모여 깃발에 경례하고, '잉글랜드의 동물들'을 부르고, 다가올 한 주에 할 일을 지시받을 것이지만, 토론은 더 이상 없다는 것이었다.

동물들은 스노볼이 추방되어 큰 충격을 받았음에도 불구하고, 그 발표에 더욱 심한 불안감을 느꼈다. 몇몇은 적당한 반대 논리만 찾을 수 있었다면 곧바로 이의를 제기했을 것이다. 심지어 복서마저 조금 걱정이 되는 모양이었다. 그는 귀를 뒤로 젖히고 여러 번 앞머리를 흔들며 생각을 정돈해보려고 엄청 노력했지만, 결국 해야 할 말을 생각해내지 못했다. 하지만 몇몇 돼지는 자기주장을 분명하게 표현했다. 앞줄에 있던 네 마리의 젊은 식용 돼지는 날카롭게 꽥 소리를 지르며 그 발표에 반감을 표시했고, 모두 벌떡 일어서 곧장 의견을 말하기 시작했다. 하지만 갑자기 나폴레옹 주위에 앉아 있던 개들이 묵직하고 위협적으로 으르렁거리는 소리를 냈고, 돼지들은 이에 입을 다물고 다시 앉았다. 이후 양들은 "네 다리는 좋고, 두 다리는 나쁘다"는 말을 엄청나게 큰 소리로 외쳐댔고, 그것은 거의 15분 동안 지속되어 토론할 기회를 아예 막아버렸다.

이후 스퀼러가 농장 곳곳에 파견되어 다른 동물들에게 새로운 제도를 설명했다.

"동무들!" 그가 말했다.

"나는 여기 있는 모든 동물이 나폴레옹 동지가 추가로 업무를 떠맡아 자기희생에 나선 일을 감사하게 여긴다고 믿고 있습니다. 동무들, 지도자 노릇이 즐거운 일이라고 생각하지 마십시오! 오히려 그 반대로 그 자리는 아주 막중한 책임이 따릅니다. 나폴레옹 동지만큼 모든 동물이 평등하다고 굳게 믿는 동물이 또 어디에 있겠습니까? 그는 기꺼이 여러분 스스로 결정을 내리는 것을 지켜볼 의사가 있는 지도자입니다. 하지만 때로는 여러분이 틀린 결정을 내릴 수도 있습니다. 그렇게 되면 우리는 어떻게 되겠습니까? 여러분이 스노볼을 따라 그의 터무니없는 풍차 계획을 진행했다고 생각해보십시오. 우리 모두가 이제 알고 있다시피 스노볼은 범죄자나 다를 바 없지 않습니까?"

"그래도 외양간 전투에서 용감하게 싸웠잖아." 누군가가 말했다.

"용맹만으로는 충분하지 않아요." 스퀼러가 말했다. "더 중요한 건 충성과 복종입니다. 외양간 전투에 관해 말하자면, 스노볼의 역할이 무척 과장되었다는 게 밝혀질 때가 오리라고 생각합니다. 동무들, 규율이 있어야 합니다. 그것도 아주 엄한 규율이! 그게 바로 오늘날의 좌우명입니다. 한 번 발을 잘못 디디면 적이 우리를 덮칠 겁니다. 동무들, 존스가 다시 돌아오는 걸 바라지는 않겠지요? 그건 분명하지 않습니까?"

다시 한 번 그 주장에는 반박할 수가 없었다. 동물들은 분명 존스가 돌아오는 것을 바라지 않았다. 일요일 아침에 토론하는 일이 자칫 존스를 되돌아오게 할 수 있다면 반드시 그 토론을 그만둬야 했다. 이제 사태를 곰곰이 생각할 시간이 생긴 복서는 동물들 사이의 일반적인 느낌을 이렇게 표현했다. "나폴레옹 동지가 하는 말이면 틀림없이 옳을 거야." 이후로 그는 "내가 더 열심히 일한다,"는 자신의 좌우명 외에도 "나폴레옹은 언제나 옳다"는 격언을 받아들였다.

그 무렵 날씨가 바뀌어 봄갈이가 시작됐다. 스노볼이 풍차 계획도를 그렸던 헛간은 폐쇄되었고, 바닥에 그렸던 설계도는 지워졌을 것으로 짐작되었다. 매주 일요일 아침 10시가 되면 동물들은 큰 헛간에 모여 다가올 주에 해야 할 일을 지시 받았다. 이제 살점이 완전히 떨어져 나간 메이저의 두개골은 과수원에서 파내어져 깃대 아래에 있는 연단 부분에 엽총과 함께 놓이게 되었다. 깃발을 게양한 다음에 동물들은 헛간에 들어가기 전 줄을 지어 두개골 앞에서 경의를 표시해야 되었다.

요즘 들어와 동물들은 예전처럼 같이 앉는 일이 없게 되었다. 나폴레옹은 스퀼러, 미니머스와 함께 높은 연단 앞에 앉았다. 미니머스라는 돼지는 노래와 시를 지어내는 데 뛰어난 재능이 있었다. 아홉 마리의 젊은 개는 그 셋 주위로 반원 형태로 앉았고, 다른 돼지들은 그 뒤로 앉았다. 나머지 동물들은 헛간의 중심부에서 그 돼지와 개들을 마주 보고 앉았다. 나폴레옹은 무뚝뚝한 군인 같은 방식으로 한 주에 해야 할 일을 지시했고, 동물들은 '잉글랜드의 동물들'을 한 번 부르고 해산했다.

스노볼이 추방되고 세 번째 일요일이 찾아오자 동물들은 다소 놀랄 수밖에 없었다. 나폴레옹이 갑자기 풍차를 짓겠다고 발표했기 때문이다. 그는 마음을 바꾸게 된 것에 관해 아무런 이유도 내어놓지 않았다. 그저 동물들에게 이 추가적인 작업은 매우 힘든 일이 될 것이라고 주의만 주었다. 그는 이 일로 식량 배급을 줄일 필요가 있을지도 모른다는 말까지 했다.

풍차 건설 계획은 세부적인 부분까지 완전히 준비되었다. 돼지들로 구성된 특별 위원회가 지난 3주 동안 계획에 몰두한 덕분이라고 했다. 풍차는 여러 개선점들을 반영하여 2년이면 지어질 것으로 예상되었다.

그날 저녁 스퀼러는 다른 동물들을 개별적으로 만나 나폴레옹이 실제로는 전혀 풍차 계획에 반대하지 않았다고 해명했다. 오히려 지금껏 알려진 것과 다르게 처음부터 풍차 건설을 옹호했으며, 스노볼이 부화실 헛간 바닥에 그린 설계도는 실제로 나폴레옹에게서 훔친 서류를 가지고 완성한 것이라고 했다. 그러니까 풍차는 실은 나폴레옹의 창조물이었다. 그러자 누군가가 그렇다면 전에는 왜 그렇게 완강히 반대했냐고 물었다. 이에 스퀼러는 무척 음흉한 표정을 지으며 대답했다.

"그게 바로 나폴레옹 동지가 심오하다는 증거지요. 풍차 건설을 반대하는 척 함으로써 위험인물이자 악영향을 미치는 스노볼을 제거했으니까요. 그야말로 묘책 아니겠습니까? 스노볼이 쫓겨났으니 이제 계획을 그의 방해 없이 진행할 수 있는 겁니다. 이런 게 바로 전술이지요."

그는 여러 번 이 말을 반복했다.

"전술입니다, 동무들. 전술이라고요!" 그는 좌우로 가볍게 뛰면서 꼬리를 흔들었고 즐거운 웃음을 터트렸다. 동물들은 그가 한 말을 이해하지 못했지만, 워낙 그럴 듯하게 말하는 데다 세 마리의 개가 위협적으로 으르렁대고 있었기에 더는 의문을 표시하지 않고 그 해명을 받아들였다.

제6장

　그 해 내내 동물들은 노예처럼 일했다. 그러나 그들은 일을 하면서도 행복했다. 그들은 아낌없이 노력하고 희생했다. 자신이 하는 모든 일이 게으르고 도둑 같은 인간 무리가 아닌 자신과 후대에 이익이 되는 걸 잘 알고 있었기 때문이다.

　봄여름 내내 그들은 매주 60시간을 일했지만, 8월이 되자 나폴레옹은 일요일 오후도 일해야 한다고 선언했다. 일요일 오후 작업은 자유로운 선택에 맡기지만, 일하지 않는 동물은 배급을 절반만 받게 될 것이었다. 그렇게 했음에도 어떤 작업은 완료가 되지 못했다. 수확은 지난해에 비해 약간 못 미치는 수준이었다. 초여름에 두 개의 밭엔 근채류를 심었어야 했지만, 결국 심지 못하고 말았다. 쟁기질을 충분히 일찍 끝내지 못했기 때문이다. 다가올 겨울이 힘들 계절이 되리라는 건 충분히 예상되는 바였다.

풍차 건설 작업도 예기치 못한 난관을 만났다. 농장에는 석회암을 캘 훌륭한 채석장이 있었고, 헛간 한 군데에서는 모래와 시멘트도 충분히 발견되었다. 따라서 건설에 필요한 모든 재료는 이미 준비되었다. 하지만 동물들이 해결할 수 없는 문제는 암석을 적당한 크기로 절단하는 작업이었다. 곡괭이와 쇠지레가 있어야 절단 작업이 가능하지만, 동물들은 그런 도구들을 쓸 수 없었다. 아무도 뒷다리로 설 수 없었기 때문이다. 몇 주 동안 헛된 노력을 한 결과 동물들에게 좋은 생각이 떠올랐다. 그것은 중력의 힘을 활용하는 것이었다. 채석장 바닥엔 그 자체로는 지나치게 커서 도저히 쓸 수 없는 거대한 바위들이 이리저리 널려 있었다. 동물들은 그런 바위를 줄로 단단히 묶은 다음, 암소, 말, 양 등 줄을 쥘 수 있는 동물들이 전부 달려들어(심지어 돼지들도 중요한 순간에는 가끔씩 작업에 참여하기도 했다) 필사적으로 줄을 잡아당겼다. 그들은 비탈길을 통하여 바위를 천천히 채석장 꼭대기로 끌고 올라갔다. 이어 꼭대기 가장자리에서 바위를 떨어뜨리면 그것은 바닥에서 산산조각이 났다. 바위가 부서진 다음에 운반하는 건 비교적 간단했다. 말은 수레로 깨진 바위를 옮겼고, 양들은 한 덩어리씩 질질 끌고 갔다. 뮤리엘과 벤저민조차 낡은 이륜 경마차의 멍에를 메고 그들의 몫을 해냈다. 늦여름이 되자 충분한 양의 돌이 모였고, 돼지들의 감독 아래 풍차 건설이 시작되었다.

하지만 건설 작업은 느리고 고된 과정이었다. 바위 덩어리 하나를 채석장 꼭대기까지 기진맥진해서 끌고 가면 하루가 끝나버리는 일이 빈번했다. 때로는 밀어 떨어뜨려도 깨지지 않는 바위도 있었다. 복서가 없으면 그 어떤 일도 해낼 수 없었다. 나머지 동물들의 힘을 모두 합친 게 그의 힘과 비슷해 보일 정도였다. 바위가 미끄러지기 시작하면 바위에 끌려 비탈을 내려가는 동물들이 절망하여 비명을 질렀는데, 이럴 때면 복서는 밧줄을 힘들게 잡아당겨 그 바위를 멈춰 세웠다. 그는 줄을 잡아당기며 비탈을 힘겹게 천천히 올라갔다. 숨은 가쁘고, 양 옆구리는 땀으로 범벅이 되었지만, 그는 발굽 끝부분을 땅속 깊숙이 박아 넣으면서 미끄러지지 않으려고 애썼다. 이 모습을 본 동물들은 그를 존경하지 않을 수 없었다. 클로버는 때로 복서에게 너무 무리하지 말라고 주의를 줬지만, 복서는 그 말을 듣지 않았다. 그의 두 가지 구호인 "내가 더 열심히 일한다"와 "나폴레옹은 언제나 옳다"는 그에게 있어서 모든 문제에 대한 해답처럼 보였다. 그는 어린 수탉에게 이제부터 아침에 30분 전이 아니라 45분 전에 깨워달라고 부탁했다. 그의 여가 시간에도(최근 들어 그런 시간이 있는 날들이 별로 많지는 않았지만) 홀로 채석장으로 가서 깨진 돌들을 잔뜩 모아 누구의 도움도 받지 않고 풍차 건설 현장까지 끌고 갔다.

동물들은 여름 내내 고된 작업을 했음에도 불구하고 그다지 건강이 나빠지는 않았다. 식량은 존스 시절보다 더 많지는 않다고 해도, 최소한 그보다 적게 받지는 않았다. 사치스러운 다섯 명의 인간을 먹일 필요 없이 그들 자신의 먹을 것만 준비하면 된다는 이점은 너무나 커서, 다른 실패들을 아무리 많이 겪더라도 후회할 일이 없었다. 많은 점에서 동물이 일하는 방식이 훨씬 효율적이고 덜 품이 들었다. 예를 들면 그들은 제초 작업 같은 일을 인간이 도저히 해내지 못할 정도로 완벽하게 수행할 수 있었다. 또한 동물들은 이젠 아무도 도둑질을 하지 않았기에 경작지와 목초지를 울타리로 구분할 필요가 없었다. 그 덕분에 울타리와 문을 유지하는 잡다한 노동을 하지 않아도 되었다. 그럼에도 불구하고 여름이 흘러가면서 예기치 못한 다양한 결핍이 농장에 영향을 미치기 시작했다. 파라핀유, 못, 줄, 개 먹이용 비스킷, 말의 발굽에 쓸 쇠 등은 농장에서 생산할 수 없는 물건이었다. 나중엔 종자와 인조 비료가 필요하고, 그 외에도 다양한 도구는 물론이고 최종적으로 풍차에 필요한 기계도 필요할 터였다. 아무도 이것들을 확보할 방안을 생각해내지 못했다.

어느 일요일 아침, 동물들이 지시를 받고자 모여 있을 때 나폴레옹은 새로운 정책을 시행하기로 했다고 발표했다. 이제부터 동물 농장은 인근 농장들과 거래를 한다는 것이었다. 물론 상업적 목적이 아니라, 긴급히 필요한 특정 재료를 얻기 위한 것이었다. 그는 농장엔 다른 무엇보다도 풍차가 가장 필요하다고 했다. 따라서 건초 한 무더기와 올해 수확한 밀 중 일부를 팔기로 했으며, 돈이 더 필요하다면 윌링던에서 상설 운영되는 시장에 달걀을 내다팔아 보충하겠다는 것이었다. 그는 이러한 거래가 풍차 건설에 특별히 기여할 수 있으니 암탉들은 이런 희생을 기꺼이 받아들여야 한다는 말도 잊지 않았다.

다시 한 번 동물들은 어렴풋한 불안감을 느꼈다. 존스를 몰아내고 승리감에 도취해 처음으로 연 회의에서 통과된 결의안은 뭐라고 했는가? 인간과는 그 어떤 거래도 하지 않고, 장사도 하지 않으며 금전을 사용하지 않는다고 하지 않았는가? 모든 동물은 그런 결의안을 통과시킨 걸 기억했다. 그들은 적어도 그런 일을 기억하고 있다고 생각했다. 나폴레옹이 회의를 폐지했을 때 항의했었던 젊은 돼지 네 마리는 겁먹은 목소리로 이의를 제기하려 했지만, 개들이 사납게 으르렁대자 곧바로 입을 다물었다. 이후 양들은 늘 그랬던 것처럼 "네 다리는 좋고, 두 다리는 나쁘다"라고 외쳐댔다. 잠시 어색해졌던 분위기는 이렇게 하여 곧바로 수습되었다. 마침내 나폴레옹이 앞발을 들어 정숙을 요청했고, 그가 모든 조치를 다 해 놓았다고 발표했다. 다른 동물들이 인간과 접촉할 일은 바람직하지 않으므로 그런 일은 없을 것이라고 말했다. 그는 모든 부담을 자신의 두 어깨로 지겠다고 선언했다. 윌링던에 사는 변호사 휨퍼 씨가 동물 농장과 바깥 세계의 사이에서 중개인 역할을 할 것이며, 매주 월요일 아침에 농장을 방문하여 그의 지시를 받을 것이라고 했다. 나폴레옹은 평소처럼 "동물 농장 만세!"라고 외치며 연설을 끝냈고, 동물들은 '잉글랜드의 동물들'을 부른 다음 해산했다.

이후 스퀄러는 농장을 돌아다니며 동물들을 안심시켰다. 그는 인간과 거래를 하지 않고 금전을 사용하지 않는다는 결의안은 통과된 적이 없었고 더 나아가 제안된 적도 없다고 동물들에게 말하고 다녔다. 그것은 순전히 착각이며, 당초 스노볼이 유포한 거짓말에서 비롯된 것이라고 했다. 여전히 소수의 동물은 어렴풋이 뭔가 미심쩍다고 느꼈지만, 스퀄러는 약삭빠르게 말했다.

"동무들, 꿈에서 본 게 아니라고 확신할 수 있습니까? 그런 결의안이 있다면 기록이 있을 거 아닙니까? 어디에 그런 기록이 있습니까?" 기록이 전혀 없다는 건 분명한 사실이었으므로, 동물들은 자신들이 뭔가 오해했다고 생각하고 스퀄러의 말을 믿어들였다.

사전 약속된 대로 휨퍼 씨는 월요일마다 농장을 방문했다. 그는 작은 체구에다 구레나룻을 기른 음흉하게 생긴 사람이었다. 그는 소규모 건수의 업무를 담당하는 변호사였지만, 동물 농장에 중개인이 필요할 것이고, 수수료가 썩 괜찮을 것이라는 점을 누구보다 먼저 깨달을 정도로 영리한 사람이었다. 동물들은 그가 오고 가는 걸 두려운 마음으로 지켜봤고, 최대한 그를 피하려고 했다. 그렇다고는 해도 네 발로 선 나폴레옹이 두 다리로 선 휨퍼에게 지시를 내리는 장면을 보면서 저절로 자부심이 생겼고, 새로운 거래 방침도 어느 정도 받아들일 만하다는 생각도 들었다. 동물들과 인간의 상호 관계는 이제 예전과 똑같지 않았다. 인간들은 지금 동물 농장이 번영하고 있다고 해서 동물 농장에 대한 증오가 줄어든 것은 아니었다. 사실 그들은 그 어느 때보다도 동물 농장을 증오했다. 인간은 하나 같이 동물 농장이 조만간 파산할 것이라는 신념을 가지고 있었다. 그들은 또한 풍차 사업도 실패할 것이라고 내다봤다. 그들은 선술집에서 만나면 서로 그림을 그려가며 풍차가 반드시 거꾸러질 것이고, 혹여 그대로 서 있다 하더라도 제대로 작동하는 일은 결코 없을 것이라고 말했다. 하지만 인간들은 동물들이 농장 일을 효율적으로 관리하는 모습을 보고서, 내키지는 않지만 어느 정도 경의를 표시하게 됐다. 이를 확인할 수 있는 하나의 징후는 인간들이 고집스럽게 메이너 농장이라고 부르는 걸 그만두고 이제 동물 농장이라는 이름을 받아들였다는 것이다. 그들은 존스를 옹호하는 일도 그만뒀다. 존스는 이미 농장을 되찾는 것을 포기하고 그 고장의 다른 지역으로 이사해버렸다.

휘퍼를 통하는 경우를 제외하면 동물 농장이 바깥 세계와 접촉하는 일은 아직 없었다. 하지만 나폴레옹이 폭스우드의 필킹턴 씨나 핀치필드의 프레데릭 씨와 사업 계약을 맺으려 한다는 소문이 지속적으로 나돌았다. 하지만 그 둘과 동시에 거래하는 일은 절대로 없을 것이라고 말들 했다.

이 무렵 돼지들은 갑자기 본채로 옮겨가 그곳을 거주지로 삼았다. 동물들은 이런 행동이 처음에 통과된 결의안에 위배된다는 점을 기억해낸 듯했다. 그러자 스퀼러는 위배되지 않는다고 하며 동물들을 설득했다.

"동무들, 그건 절대적으로 필요한 일이었습니다. 돼지들은 농장의 두뇌 아닙니까? 조용히 일할 장소가 필요해요. 또 지도자(얼마 전부터 스퀼러는 나폴레옹을 '지도자'라고 불렀다)는 위신의 문제도 있고 하니 돼지우리보다는 본채에서 지내는 게 더 적합하지요."

이런 해명에도 돼지들이 식사를 부엌에서 할 뿐만 아니라 거실을 오락실로 쓰고, 잠마저 침대에서 잔다는 소식이 들리자 몇몇 동물은 아주 심란해졌다. 복서는 늘 그랬던 것처럼 "나폴레옹은 언제나 옳아!"라고 외치며 별거 아닌 양 넘겼지만, 클로버는 침대를 쓰면 안 된다는 명확한 계명이 기억난다고 생각했다. 따라서 그녀는 헛간 벽으로 가서 그곳에 적힌 일곱 계명을 읽어내리려고 애썼다. 철자 몇 개밖에는 읽을 수가 없던 그녀는 결국 뮤리엘을 불러왔다.

"뮤리엘, 네 번째 계명을 읽어줘. 침대에서 절대로 자면 안 된다고 적히지 않았어?"

뮤리엘은 조금 어려워했지만, 적힌 계명을 판독하여 알려줬다.

"어떤 동물도 침대에서 이불을 덮고 자면 안 된다고 적혀있네."

참 이상했다. 클로버는 네 번째 계명에 이불이 언급된 걸 기억하지 못했다. 하지만 벽에 적혀있으니 분명 맞는 말일 것이었다. 이때 스퀼러가 마침 두세 마리의 개를 데리고 그곳에 나타나서 그 문제를 아주 적절하게 설명해 주었다.

"동무들, 우리 돼지들이 지금 본채의 침대에서 잔다는 이야기는 들었지요? 그게 무슨 문제라도 됩니까? 침대를 쓰면 안 된다는 규칙이 있다고 말하려는 건 아니겠지요? 침대는 그저 잠자는 자리입니다. 외양간에 짚을 쌓아둔 것도 보기에 따라서는 침대 아니겠습니까? 이 계명은 이불을 쓰면 안 된다고 한 겁니다. 인간의 발명품이니까요. 우리는 그래서 본채 침대에서 이불을 빼버리고 그 대신 담요를 덮고 잡니다. 이불을 안 쓴다 해도 여전히 무척 편안한 침대이지요! 하지만 동무, 최근 우리가 얼마나 많이 머리를 쓰고 있습니까? 침대가 편안하다고 하지만 정신적 노동의 피로를 풀어줄 정도로 편안하기야 하겠습니까? 우리를 쉬지도 못하게 할 생각은 아니겠죠, 그렇죠, 동무들? 우리가 너무 피곤해서 의무를 다하지 못하게 되는 걸 바라는 건 아니겠죠? 여러분은 분명 존스가 다시 돌아오기를 바라지는 않겠지요?"

클로버와 뮤리엘은 그 점에 대해서는 곧바로 스퀼러를 안심시켰다. 이렇게 하여 돼지들이 본채 침대에서 자는 일은 더 이상 언급되지 않았다. 이로부터 며칠 뒤에 이제부터 돼지들은 다른 동물들보다 아침에 한 시간 늦게 일어난다는 발표가 있었을 때도 역시 아무런 불평이 나오지 않았다.

가을이 되었을 때 동물들은 지쳤어도 행복했다. 그들은 힘든 한 해를 보낸 데다 건초와 옥수수 일부를 팔고 난 뒤라 겨울을 버틸 식량이 썩 풍족하지는 않았지만, 풍차가 모든 고통을 상쇄했다. 이젠 거의 절반이 지어진 상태였다. 수확 후에는 맑고 건조한 날씨가 이어졌고, 동물들은 어느 때보다도 고되게 일했다. 그들은 풍차 벽을 조금이라도 더 높일 수 있다면 돌덩이를 들고 종일 이리저리 움직이는 게 충분히 가치 있는 일이라고 생각했다. 복서는 심지어 밤에도 현장에 나와서 추분 무렵에 뜨는 보름달의 달빛을 받으며 한두 시간 정도 자발적으로 일했다. 한가한 때 동물들은 절반쯤 완성된 풍차 주변을 걸으며 튼튼하게 수직으로 선 벽을 쳐다보며 감탄사를 연발했다. 또 그들은 이런 인상적인 건물을 그들의 힘으로 세울 수 있다는 사실에 경이로움을 느끼기도 했다. 유일하게 풍차에 열광하지 않는 동물은 벤저민이었다. 그는 평소와 마찬가지로, 당나귀는 오래 산다는 아리송한 말 외에는 아무런 말도 하지 않았다.

11월이 되자 남서풍이 맹렬하게 불었다. 시멘트를 섞기엔 지나치게 습한 날씨여서 건설 작업은 중단됐다. 어느 날 밤엔 맹렬한 돌풍이 불어 와 농장 건물들이 토대까지 흔들렸고 헛간 지붕에선 타일이 여러 장 떨어져 나갔다. 암탉들은 겁에 질려 큰 소리를 내며 잠에서 깼는데, 그들 모두가 멀리서 발사된 총소리를 듣는 꿈을 꿨기 때문이다. 아침에 축사에서 나온 동물들은 깃대가 넘어지고, 과수원 밑 쪽의 느릅나무가 무처럼 뽑힌 것을 보았다. 그들은 이어 끔찍한 광경을 목격했고, 모든 동물이 절망이 가득한 비명을 내질렀다. 풍차가 완전히 무너졌던 것이다.

동물들은 일제히 풍차가 있는 곳으로 달려갔다. 산책조차 거의 나오지 않는 나폴레옹마저도 모든 동물의 앞에서 전속력으로 달릴 정도였다. 도착한 그곳엔 모든 고된 노력의 결실이 토대까지 파괴되어 있었다. 거대한 바위를 깨서 고되게 옮긴 그 돌들이 사방팔방에 흩어져 있었다. 난잡하게 허물어진 돌들을 보며 그들은 너무 슬퍼서 말조차 할 수 없었다. 나폴레옹은 입을 굳게 다문 채로 이리저리 서성였고, 때로는 땅에 코를 대고서 킁킁거렸다. 그의 꼬리는 뻣뻣하게 굳어진 채 좌우로 씰룩씰룩 움직였다. 그것은 그가 엄청난 정신노동을 하고 있다는 신호였다. 갑자기 그는 결심했다는 듯 우뚝 멈춰 섰다.

"동무 여러분." 그가 조용히 말했다.

"누가 이런 짓거리를 했는지 아시오? 어떤 적이 밤에 기어들어 와 우리 풍차를 망가뜨린 지 아시오? 바로 스노볼이요!"

그는 갑자기 우레와 같은 큰 소리를 냈다.

"스노볼이 이런 짓거리를 한 거요! 그 놈은 치욕적인 추방을 보복하겠다는 생각으로 순전히 악의를 품고 우리 계획을 방해한 거요. 이 반역자는 어두운 밤에 몰래 이곳으로 들어와선 우리가 거의 1년 동안 해낸 일을 망가뜨렸소. 동무 여러분, 지금 여기서 스노볼에게 사형을 선고하겠소. 놈을 처벌하는 동물은 누구든 '2등 동물 영웅 훈장'과 사과 반 부셸을 주겠소. 생포해 오는 동물에겐 한 부셸을 줄 것이오!"

동물들은 스노볼이 그런 짓을 저질렀다는 것을 알고서 이루 말할 수 없는 충격을 받았다. 여기저기서 분개하여 외치는 소리가 났고, 모든 동물은 스노볼이 다시 돌아온다면 생포할 방법을 생각하기 시작했다. 작은 언덕에서 얼마 떨어지지 않은 풀밭에서 돼지 발자국이 발견되었다. 발자국은 몇 야드 정도만 찍혀 있었지만, 울타리 구멍 쪽으로 나 있었다. 나폴레옹은 발자국에 코를 대고 아주 심하게 쿵쿵거렸고, 는 그 발자국이 스노볼의 것이라고 선언했다. 그는 스노볼이 아마도 폭스우드 농장 쪽에서 왔을 것이라는 의견을 제시했다.

"더는 지체할 수 없소, 동무들!"

나폴레옹이 발자국 검사를 마치고 말했다.

"이제 우리가 해야 할 일이 있소. 바로 오늘 아침부터 우리는 다시 풍차 건설을 시작할 것이오. 겨울 내내 비가 오든 해가 뜨든 우리는 풍차를 지을 것이오. 이 끔찍한 반역자에게 가르쳐 줄 것이오. 우리 사업을 망치는 일이 쉽지 않다는 것을! 동무 여러분, 기억하시오. 우리 계획에 변경이란 없소. 계획은 하루도 어김없이 성공할 때까지 수행될 것이오. 동무 여러분, 전진하시오! 풍차 만세! 동물 농장 만세!"

제7장

　가혹한 겨울이었다. 비바람이 몰아친 다음엔 진눈깨비와 눈이 내렸고, 딱딱하게 굳어진 얼음은 2월이 한참 지날 때까지도 녹지 않았다. 동물들은 최선을 다해 풍차 재건을 계속했다. 바깥 세계가 동물 농장을 지켜보고 있다는 걸 잘 알고 있었기 때문이다. 시샘하는 인간들은 풍차가 제때 완공되지 않으면 반색하며 의기양양하게 날뛸 것이었다.

　인간들은 풍차를 망가뜨린 게 앙심 품은 스노볼이라는 말을 믿지 않는 척했다. 그들은 벽이 너무 얇아 풍차가 무너졌다고 말했다. 동물들은 그게 진상이 아니라는 걸 알고 있었다. 그렇다고는 해도 이번엔 전의 18인치보다 두 배나 더 두꺼운 3피트 벽을 세우기로 했다. 이 때문에 벽을 건설하는 데는 더 많은 돌이 필요했다. 오랫동안 채석장엔 바람에 날린 눈이 한가득 쌓였고, 그래서 아무 일도 할 수 없었다.

건조하고 몹시 추운 날씨가 이어진 가운데서도 약간의 공사 진척이 있었다. 하지만 그것은 잔인할 정도로 힘든 일이었고 동물들은 그 일에 대하여 전처럼 아주 희망적인 기분은 느낄 수 없었다. 그들은 늘 추웠고, 게다가 늘 배가 고팠다. 낙담하지 않은 동물은 복서와 클로버뿐이었다. 스퀄러는 봉사의 즐거움과 노동의 존엄성에 관해 훌륭한 연설을 했지만 다른 동물들은 복서의 엄청난 힘과, "내가 더 열심히 일할 거야!"라고 꾸준히 외치는 그의 모습에 더 크게 고무되었다.

1월이 되자 식량이 부족해졌다. 옥수수 배급은 극단적으로 줄어들었고, 그것을 보충하고자 추가로 감자 배급을 한다는 발표가 있었다. 하지만 수확한 감자 대부분이 딱딱하게 얼었다는 게 밝혀졌다. 감자 더미에 흙을 충분히 두껍게 덮어두지 않았기에 그만 상해버린 것이었다. 감자는 물렁물렁하고 색깔이 변했으며, 먹을 수 있는 건 얼마 되지 않았다. 동물들은 며칠 동안 여물과 사료용 사탕무 말고는 아무것도 먹지 못했다. 이제 굶어 죽을지도 모른다는 공포가 눈앞에 어른거렸다.

바깥 세계에는 이런 사실을 반드시 감춰야 했다. 풍차의 붕괴에 고무된 인간들이 동물 농장에 대한 새로운 거짓말을 지어낼 것이기 때문이다. 다시 한 번 모든 동물이 기근과 질병으로 죽어가고 있으며, 싸움이 끊이지 않고, 어린 동물들을 죽이고 서로 잡아먹는다는 말이 나돌았다. 나폴레옹은 식량 사정에 관한 현실이 알려지게 되면 어떤 악영향이 미칠지 잘 알고 있었기에 휨퍼 씨를 통해 그와 반대되는 정보를 퍼뜨리기로 했다. 그때까지 동물들은 매주 들르는 휨퍼와 거의 혹은 아예 접촉이 없었다. 그러나 이제 몇몇 선발된 동물(주로 양이었다)이 지시를 받아 휨퍼가 듣는 앞에서 식량 배급이 늘었다는 말을 자연스럽게 떠벌렸다. 거기에 더해 나폴레옹은 저장고 헛간에 있는 거의 빈 사료 통들에 모래를 거의 가장자리까지 채우게 하고 그 위를 남은 곡식과 굵은 가루로 살짝 덮게 했다. 휨퍼는 적당한 구실 아래 저장고 헛간으로 안내되었고, 그곳에서 사료 통들을 얼핏 보게 되었다. 그는 속임수에 넘어갔고, 바깥 세계에 동물농장엔 식량 부족이 없다는 말을 계속 퍼뜨렸다.

그럼에도 불구하고 1월 말이 되자 더 많은 곡식을 어딘가에서 가져와야 할 필요가 있었다. 최근에 나폴레옹은 공적인 자리에 거의 모습을 드러내지 않았다. 그는 본채에 틀어박혀 종일 나오지 않았고, 문마다 사납게 생긴 개들을 배치하여 지키게 했다. 그가 드물게 모습을 드러낼 때면 마치 거창한 의식이 집행되는 것 같았다. 그의 주위에 여섯 마리의 개가 밀착 경호했으며, 누가 가깝게 다가온다 싶으면 곧바로 으르렁거렸다. 그는 심지어 일요일 아침에도 나타나지 않는 일이 빈번했으며,

다른 돼지를 보내 지시를 대신 전달했는데 보통 스퀼러가 그 역할을 맡았다.

어느 일요일 아침에 스퀼러는 막 다시 알을 낳으러 들어온 암탉들에게 달걀을 넘기라고 했다. 나폴레옹이 휨퍼를 통해 매 주 400개의 달걀을 넘겨주는 계약을 했기 때문이었다. 이런 거래를 통해 얻은 수익으로 곡식과 굵은 가루를 사들여 여름이 올 때까지 버티면 그 후에 식량 상황은 다소 나아질 것이었다.

암탉들은 이 말을 듣고 격렬하게 항의했다. 그들은 이런 희생이 필요할지도 모른다는 말을 전에 듣기는 했지만, 그것이 현실로 나타날지는 몰랐던 것이다. 그들은 봄 병아리를 까기 위해 알을 품을 준비를 하고 있었는데 지금 알을 가져가는 건 살해 행위라고 항의했다. 존스의 추방 이후 처음으로 반란 비슷한 사태가 발생했다. 암탉들은 검은 미노르카 영계 세 마리의 주동으로 나폴레옹의 뜻을 꺾고자 단호한 행동에 나섰다. 그들이 채택한 방식은 서까래로 올라가 그곳에서 알을 낳는 것이었다. 그렇게 되면 알은 바닥에 떨어져 산산이 부서질 것이었다.

나폴레옹은 이런 반발 기미에 재빠르고 무자비하게 대처했다. 그는 암탉에게 더 이상 식량을 배급하지 말라고 지시했고, 어떤 동물이든 옥수수 한 알갱이라도 암탉에게 주면 사형에 처하겠다고 선포했다. 개들은 이 지시가 잘 지켜지는지 감시했다.

암탉들은 닷새 동안 버텼지만, 결국 항복하고 둥지로 돌아갔다. 그 사이 아홉 마리의 암탉이 죽었다. 그들의 시체는 과수원에 묻혔으며, 그들이 세균 감염 때문에 죽었다는 대외적인 발표가 있었다. 휨퍼는 이 일에 관해 아무런 말도 듣지 못했고, 달걀은 예정대로 납품되었다. 식료품 장수의 화물차가 매주 한 번 농장에 들러 달걀을 가져갔다.

이런 일이 벌어지는 동안 스노볼은 더 이상 코빼기도 볼 수가 없었다. 소문에 따르면 그는 인근 농장인 폭스우드나 핀치필드에 숨어있었다. 이즈음 나폴레옹은 다른 농장주들과 전보다는 조금 더 나은 관계를 맺고 있었다. 동물 농장 마당엔 목재 더미가 있었는데, 이것은 10년 전에 작은 너도밤나무 숲을 개간할 때 벌목하여 쌓아둔 것이었다. 나무들은 잘 말라 있었고 휨퍼는 나폴레옹에게 그 목재를 팔라고 조언했다. 그의 말에 의하면 필킹턴 씨와 프레데릭 씨는 모두 목재를 사고 싶어 안달이라는 것이었다. 나폴레옹은 둘 사이에서 주저하며 결정을 내리지 못했다. 프레데릭과 합의하려고 하면 스노볼이 폭스우드에 숨어있다는 말이 들리고, 필킹턴과 합의하려고 하면 핀치필드에 숨어있다는 말이 들려왔기 때문이다.

초봄이 되자 갑자기 놀라운 일이 발견되었다. 스노볼이 밤에 은밀하게 농장을 출입하고 있다는 것이었다! 동물들은 무척 불안한 나머지 축사에서 좀처럼 잠들지 못했다. 전하는 말에 따르면 스노볼은 매일 밤 야음을 틈타 잠입하여 온갖 나쁜 짓은 다 하고 다녔다. 그는 옥수수를 훔치고, 우유 통을 뒤엎고, 달걀을 깨트리고, 모판을 짓밟고, 과일나무의 껍질을 물어뜯었다. 뭐든 잘못되면 그건 스노볼의 소행이었다. 창이 깨지거나 배수관이 막히면 동물들 중 누군가가 확신에 찬 목소리로 밤중에 스노볼이 와서 저런 짓을 저질렀다고 말했다. 저장고 헛간의 열쇠가 사라졌을 때도 농장 모든 동물이 틀림없이 스노볼이 우물에 그것을 빠트렸을 것이라고 확신했다. 참 흥미롭게도 굵은 가루를 담은 자루 밑에서 열쇠가 발견되었는데도 불구하고, 그들은 계속 스노볼의 소행으로 돌렸다. 암소들은 모두 스노볼이 외양간으로 몰래 들어와 그들이 잠자는 사이에 젖을 짜갔다는 말을 하기도 했다. 그 해 겨울 내내 말썽을 부린 쥐들이 스노볼과 한통속이라는 말도 있었다.

나폴레옹은 스노볼의 소행을 철저하게 조사하겠다고 선언했다. 개들을 대동한 채 그는 농장 건물들을 점검한다는 명목으로 철저하게 순찰을 돌았고, 다른 동물들은 경의를 표하며 어느 정도 뒤에 떨어져서 그를 따라갔다. 나폴레옹은 몇 걸음 걸을 때마다 멈춰 서서 스노볼의 발자국을 추적한다며 땅에 코를 대고 쿵쿵거렸다. 그는 냄새를 맡으면 그 흔적이 누구 것인지 알 수 있다고 했다. 그는 헛간, 우사, 닭장, 채소밭 등 스노볼의 흔적을 찾을 만한 거의 모든 곳에 가서 이곳저곳에 코를 대고 쿵쿵거렸다. 그는 땅에 코를 대고 여러 번 깊게 코를 벌름거리고는 찢어지는 목소리로 이렇게 소리쳤다.

"스노볼! 그놈이 여기 있었어! 확실하게 냄새가 나!"

스노볼이라는 말에 모든 개가 송곳니를 드러내며 간담이 서늘해지는 으르렁거리는 소리를 냈다.

동물들은 완전히 겁을 먹었다. 스노볼은 그들에게 어떤 보이지 않는 영향력을 미치는 존재였다. 그는 동물들 주위에 있는 공기에도 스며든 것 같았고, 온갖 위험한 일로 동물들을 위협하고 있었다. 저녁이 되자 스퀼러는 동물들을 불러 모아놓고, 놀라는 표정이 가득한 얼굴로 중대한 통지 사항이 있다고 말했다.

"동무 여러분!"

스퀼러가 불안한지 좌우로 가볍게 뛰면서 소리쳤다.

"이보다 끔찍한 일이 어디에 있겠습니까? 스노볼이 핀치필드 농장 프레데릭한테 매수당해 우리를 공격할 음모를 꾸미고 또 우리로부터 농장을 빼앗으려고 하는 중입니다! 스노볼은 공격이 시작되면 앞잡이 노릇을 할 것입니다. 하지만 그것보다 더 나쁜 일이 있습니다. 우리는 스노볼이 지난 날 허영심과 야심 때문에 반란을 일으켰다고 생각했습니다. 하지만 동무 여러분, 우리가 틀렸습니다. 진짜 이유가 뭔지 아십니까? 스노볼이 존스와 처음부터 한패였던 겁니다! 그는 내내 존스의 간첩이었어요. 그건 스노볼이 남기고 간 문서로 전부 증명되고, 우리는 그

걸 막 발견했습니다. 동무 여러분, 제가 보기에 이 일은 많은 것들을 설명해 줍니다. 다행스럽게도 성공하지는 못했지만 외양간 전투에서 우리에게 패배와 파멸을 안기려 했던 그의 음흉한 저의를 이제야 명확하게 파악하게 된 겁니다."

동물들은 충격에 빠져 멍해졌다. 그것은 풍차의 파괴 건과는 비교도 안 되는 사악한 짓이었다. 하지만 온전하게 그 말을 이해하는 데는 몇 분 정도 시간이 걸렸다. 그들은 전부 기억하거나, 기억하고 있다고 생각했다. 스노볼은 외양간 전투에서 그들보다 앞장서서 돌격하고, 언제나 동물들을 결속시키고 전투를 격려했다. 또 존스의 총알이 그의 등에 상처를 냈을 때조차 조금도 머뭇거리지 않았다. 처음엔 스노볼이 존스와 한패였다는 생각을 받아들이기가 좀 어려웠다. 거의 질문을 하지 않는 복서조차도 어리둥절했다. 그는 털썩 앉아 앞다리 발굽을 몸 아래로 밀어 넣고 눈을 감은 채로 생각을 분명하게 정리하려고 무진장 애를 썼다.

"나는 그렇게 생각하지 않아요." 복서가 말했다.

"스노볼은 외양간 전투에서 용맹하게 싸웠어요. 내가 직접 봤다고. 전투가 끝나자마자 '1등 동물 영웅 훈장'을 주지 않았어요?" 복서가 말을 이었다.

"그게 우리의 실수입니다, 동무. 지금 우리가 알게 된 바로는 그자가 실제로는 우리를 파멸로 이끌려 했다는 겁니다. 이런 사실은 우리가 찾아낸 비밀문서에 전부 적혀있어요."

"하지만 스노볼은 상처까지 입었어요." 복서가 말했다. "모두 그가 피를 흘리며 달리는 걸 봤다고요."

"그게 바로 미리 짠 거라니까요!" 스퀼러가 소리쳤다.

"존스의 총알은 등을 스쳐갔을 뿐입니다. 동무가 읽을 수만 있다면 그자가 직접 쓴 글에 이런 사실이 들어있다는 것을 보여줄 수도 있어요. 스노볼이 꾸민 음모는 중요한 순간에 퇴각 신호를 내려 적에게 전장을 넘겨주는 것이었습니다. 게다가 그 음모는 거의 성공할 뻔했지요. 동무들, 그는 아마도 성공했을지도 모릅니다. 우리의 영웅, 지도자 나폴레옹 동지가 없었더라면 말입니다. 기억하십니까? 존스와 그의 일꾼들이 마당 안으로 들어왔던 바로 그때를? 스노볼은 갑자기 등을 돌려 도망쳤고, 동물들은 그를 따라가지 않았습니까? 동무들, 기억하십니까? 공황 상태가 퍼져나가고 전투가 패색이 짙어진 바로 그때, 나폴레옹 동지가 "인간에게 죽음을!"이라고 외치며 화살처럼 달려 나가 존스의 다리를 이빨로 물어뜯지 않습니까. 동무 여러분, 그 일은 확실히 기억하시지요?"

스퀼러가 좌우로 가볍게 뛰며 소리쳤다.

스퀼러가 그런 전투 상황을 무척 생생하게 설명하자, 동물들은 정말 그런 것 같다고 생각하게 되었다. 어쨌든 그들은 전투의 중요한 순간에 스노볼이 등을 돌려 도망친 걸 기억했다. 하지만 복서는 여전히 꺼림칙한 느낌이었다.

"나는 처음부터 스노볼이 반역자였다고 생각하지 않아요." 복서가 말했다. "그 이후로 그가 한 일은 다른 이야기지. 하지만 외양간 전투에서만은 그가 훌륭한 동무였다고 생각해요."

"우리 지도자 나폴레옹 동지는 말입니다," 스퀼러가 아주 천천히 단호하게 말했다. "명확히 말씀하셨습니다. 명확하게요, 동무. 처음부터 스노볼이 존스의 첩자였다고요. 그래요, 우리가 반란을 생각하던 때보다 훨씬 오래전부터."

"아, 그렇다면 이야기는 다르지요!" 복서가 말했다. "나폴레옹 동지가 그렇게 말했다면, 그건 분명 옳은 말입니다."

"동무, 그게 바로 진정한 정신입니다!" 스퀼러가 소리쳤다. 하지만 그는 무척 불쾌한 표정을 짓고 복서를 그 작고 번뜩이는 눈으로 훑어봤다. 그는 몸을 돌려서 가려고 하다가 걸음을 멈추고 엄숙하게 말했다.

"농장 모든 동물에게 눈을 크게 뜨고 잘 살펴라고 경고하겠습니다. 지금 이 순간에도 스노볼의 첩보원들이 우리 사이에 숨어 있다고 생각할 이유가 충분하니까!"

나흘 뒤 오후 늦은 시간에 나폴레옹은 모든 동물에게 마당으로 모이라고 지시했다. 동물들이 모두 모이자 나폴레옹은 본채에서 나왔는데, 두 개의 훈장(최근에 그는 자신에게 '1등 동물 영웅 훈장'과 '2등 동물 영웅 훈장'을 수여했다)을 달고 있었다. 그의 주위에

선 아홉 마리의 거대한 개가 뛰어다녔다. 개들이 내는 으르렁 소리에 모든 동물의 등골이 오싹해졌다. 동물들은 위축된 채로 자기 자리를 지키며 아무런 말도 하지 않았다. 뭔가 끔찍한 일이 일어날 거라는 점을 미리 알고 있는 것 같았다.

나폴레옹은 근엄하게 서서 동물들을 살폈다. 그러더니 아주 높은 낑낑거리는 소리를 냈다. 그러자 개들이 바로 앞으로 뛰어나갔고, 돼지 네 마리의 귀를 물고 나폴레옹의 발 앞으로 끌고 갔다. 그들은 끌려가며 고통과 공포에 압도되어 꽥하고 비명을 내질렀다. 돼지들의 귀에선 피가 흘렀고, 개들은 피 맛을 봐서 그런지 잠시 이성을 잃은 것 같았다. 이에 세 마리가 복서에게 달려들었고, 모두가 이 광경에 놀랐다. 복서는 그들이 달려오는 걸 보고 그 큰 발굽으로 한 마리를 공중에서 붙잡아 땅에다 내리 꽂았다. 붙잡힌 개는 비명을 지르며 살려달라고 애원했고, 다른 두 마리는 완전히 기가 꺾여 도망쳤다. 복서는 나폴레옹을 쳐다봤다. 완전히 숨통을 끊을지, 아니면 놔줄지를 결정해달라는 뜻이었다. 나폴레옹은 안색이 변하는 것처럼 보였지만, 큰 소리로 개를 놔주라고 지시했다. 그러자 복서는 발굽을 들었고, 개는 멍든 몸으로 슬그머니 빠져나가며 길게 짖었다.

곧 소란은 잦아들었다. 네 마리의 돼지는 몸을 떨면서 기다렸는데, 마치 모든 죄목이 그들의 표정에 적힌 것 같았다. 나폴레옹은 그들에게 죄를 자백할 것을 요구했다. 이 네 마리 돼지는 나폴레옹이 일요일 회의를 폐지했을 때 항의했던 그 돼지들이었다. 더 재촉하지 않아도 그들은 자백을 시작했다. 스노볼이 추방된 이후로 그와 은밀하게 연락을 주고받아왔으며, 그와 협력하여 풍차를 파괴했고, 동물 농장을 프레데릭 씨에게 넘기기로 그와 약속했다고 자백했다. 그들은 스노볼이 지난 몇 년 동안 자신이 존스의 첩자였음을 은밀하게 그들에게 말해 주었다는 것도 덧붙였다. 그들이 자백을 끝내자 개들이 그들에게 달려들어 목을 물어뜯었다. 나폴레옹은 먹따는 소리를 내지르며, 다른 동물들도 자백할 것이 있는지 강압적으로 물었다.

이에 달걀 납품과 관련하여 반란을 일으킨 주모자였던 세 마리의 암탉이 앞으로 나와 스노볼이 꿈에 나타나 나폴레옹의 지시에 불복할 것을 선동했다고 자백했다. 이에 그들 역시 도살당했다. 이어 한 마리의 거위가 앞으로 나와 지난해 수확 기간 옥수수 여섯 알을 빼돌려 밤에 몰래 먹었다고 고백했다. 그 다음으로는 어떤 양이 나와 식수용 저수지에 소변을 봤다고 고백하며 스노볼이 그렇게 하라고 시켰다고 자백했다. 다른 두 마리의 양은 나폴레옹의 헌신적인 추종자이고 기침으로 고생하는 늙은 숫양을 쫓아다니며 모닥불 주위를 빙빙 돌게 하여 기침 때문에 숨을 쉬지 못하게 하여 죽게 했다고 자백했다. 이 동물들은 모두 즉각 처형되었다. 고백과 처형은 계속되었고, 나폴레옹의 발 앞에 시체들이 수북이 쌓이고 나서야 끝났다. 공기는 피 냄새로 진동했다. 그런 학살은 존스가 추방된 이후로 처음 있는 일이었다.

처형이 모두 끝나자 돼지와 개를 제외한 나머지 동물들은 무리를 이뤄 천천히 자리를 떴다. 그들은 엄청나게 충격 받았고 아주 비참한 심정이었다. 그들은 스노볼과 결탁하여 배신한 동물들이 더 충격적인지, 아니면 방금 본 잔인한 처벌이 더 충격적인지 알지 못했다. 옛날에도 종종 도살이 벌어졌고, 지금과 같이 끔찍했다. 하지만 이번 도살은 그들 사이에서 벌어진 일이었고, 그 때문에 모두들 예전에 벌어진 도살보다 훨씬 더 나쁘다고 생각했다. 존스가 농장을 떠난 이후로 오늘까지 그 어떤 동물도 다른 동물을 죽이지 않았다. 심지어 쥐 한 마리조차 죽임을 당하지 않았다.

그들은 절반 정도 완성된 풍차가 서 있는 작은 언덕으로 나아갔다. 그리고 일제히 그곳에 엎드렸다. 마치 서로의 몸으로 온기를 느끼고자 껴안는 것 같은 모습이었다. 클로버, 뮤리엘, 벤저민, 암소들, 양들, 모든 거위와 암탉이 그곳에 있었다. 이렇게 모두가 모인 가운데 유일하게 불참한 것은 고양이였다. 그녀는 나폴레옹이 동물들을 모이라고 지시하기 직전에 갑자기 어딘가로 사라졌다. 얼마 동안 그 누구도 말을 꺼내지 않았다. 오로지 복서만 서 있었다. 그는 불안한 듯 이리저리 몸을 움직였고, 길고 검은 꼬리로 양쪽 허리를 가볍게 때렸다.때때로 그는 조용히 히힝 하고 우는 소리를 냈다. 마침내 그는 이렇게 말했다.

"이해가 안 돼. 저런 일이 우리 농장에서 일어날 수 있다니, 생각도 못 해봤어. 분명 우리한테 뭔가 잘못이 있기 때문일 거야. 내가 보기엔 해결책은 더 열심히 일하는 거야. 이제부터 나는 아침에 한 시간 더 일찍 일어나겠어."

그는 육중한 속보로 채석장을 향해 달려갔다. 그곳에 도착한 복서는 연달아 두 번 많은 돌을 모아 풍차 현장까지 끌고 왔고, 그런 다음에야 비로소 잠을 자러 갔다.

클로버 주위에 옹기종기 모인 동물들은 아무런 말도 하지 않았다. 그들이 엎드린 언덕에서는 그 농촌 지역 일대가 아득하게 끝없이 펼쳐져 있었다. 동물 농장의 거의 전 지역이 한 눈에 들어왔다. 주 도로까지 뻗은 긴 목초지, 건초용 풀밭, 작은 숲, 식수용 저수지, 두껍고 푸른 어린 밀이 자라는 쟁기로 갈아 놓은 들판, 연기가 올라오는 굴뚝이 달린 농장 건물의 붉은 지붕 등이 한 눈에 보였다. 정말 맑은 봄날 저녁이었다. 풀밭과 산울타리들은 햇볕을 고르게 받아 황금색으로 빛났다. 동물들에게 농장이 그처럼 매력적인 곳으로 보인 적은 일찍이 없었다. 그들은 또한 이 농장이 그들의 것이고, 구석구석 어느 것 하나 그들의 재산이 아닌 게 없다는 사실을 다소 놀라운 마음으로 상기했다.

클로버는 눈물 그렁그렁한 눈으로 비탈 아래를 내려다봤다. 그녀가 그 순간 떠올린 생각을 말로 표현할 수 있다면, 몇 년 전 인간의 타도를 위해 열심히 일하자고 결의했을 때 분명 이런 학살은 그들의 목표가 아니었다고 말했을 것이다. 늙은 메이저가 처음으로 반란을 일으키자고 촉구했던 그날 밤에 그들이 기대했던 건 이런 공포와 살육의 현장이 아니었다. 그녀가 꿈꾸던 미래상은 굶주림과 채찍에서 자유롭고, 모두가 평등하고, 각자는 자신의 능력에 맞게 일하고, 약자는 굳건히 보호되는(메이저가 연설하던 그날 밤 그녀가 앞발을 구부려 뒤늦게 들어온 오리 새끼들을 보호해주었던 것처럼) 그런 동물의 세상이었다. 하지만 그러기는커녕 이상한 세월을 만나게 된 것이었다. 아무도 감히 자기 생각을 말하지 못하고, 사납고 으르렁거리는 개들이 모든 곳을 돌아다니며 감시하고, 동무들이 충격적인 죄를 고백한 뒤 찢겨 죽는 것을 지켜봐야 하는 세월이었다. 클로버는 도무지 그 이유를 알 수 없었다. 그렇다고 반란을 일으키거나 불복종할 생각은 없었다. 그녀는 지금 상황이 이렇게 모질기는 하지만 존스가 있던 때보다는 훨씬 나으며, 무엇보다 인간들이 되돌아오는 걸 막아야 한다는 걸 알았다. 어떤 일이 벌어지든 그녀는 지시에 충실한 모습을 보이고, 일을 열심히 하고, 주어지는 지시를 수행하며, 나폴레옹의 지도를 받아들일 것이었다. 하지만 그렇다고는 해도 그녀와 다른 모든 동물이 고생을 감내하며 바랐던 건 지금의 이런 모습은 아니었다. 그들이 풍차를 짓고, 존스가 쏜 총알에 맞섰던 건 지금 이런 꼴을 보기 위해서는 아니었다. 그녀는 이렇게 생각했지만, 그 생각을 적절히 표현할 수 있는 어휘를 알지 못했다.

마침내 그녀는 이렇게 하는 것이 그녀가 찾아내지 못하는 어휘를 대신 해준다고 느끼면서, '잉글랜드의 동물들'을 부르기 시작했다. 그녀의 주변에 앉았던 다른 동물들도 노래를 함께 불렀는데, 세 번 부르는 동안 노래는 무척 듣기 좋았지만, 동시에 느리고 슬프기도 했다. 그들은 전에는 절대로 이렇게 구슬프게 노래 부른 적이 없었다.

세 번째로 노래를 막 끝낸 즈음에 스킬러가 두 마리의 개를 데리고 그들 앞에 나타났다. 뭔가 중요한 말을 하겠다는 분위기가 감지되었다. 그는 나폴레옹 동지의 특별 지시로 '잉글랜드의 동물들' 노래는 폐기 처분한다고 말했다. 따라서 앞으로 그 노래를 부르는 건 금지되었다.

동물들은 그 말을 듣고 깜짝 놀랐다.

"이유가 뭔데요?" 뮤리엘이 외쳤다.

"더는 필요하지 않으니까요, 동무." 스킬러가 딱딱하게 말했다. "'잉글랜드의 동물들'은 반란 때 쓰던 노래입니다. 이젠 반란은 완수되었습니다. 오늘 오후 반역자들을 처형한 것이 반란의 마지막 마무리였던 것이죠. 이제 내외부에 있던 적은 모두

청소되었습니다. '잉글랜드의 동물들'에서 우리는 앞으로 다가올 더 나은 사회에 대한 갈망을 표현했습니다. 하지만 그 사회는 이미 수립되었어요. 그래서 이 노래는 더 이상 의미가 없게 되었습니다."

동물들은 깜짝 놀랐고, 몇몇은 항의하려고 했지만, 이때 갑자기 양들이 나타나 "네 다리는 좋고, 두 다리는 나쁘다"라며 음매하고 소리쳤다. 양들의 외침은 몇 분 동안 계속되어 그 논의를 끝내버렸다.

그렇게 하여 '잉글랜드의 동물들'은 더 이상 들리지 않게 되었다. 시인인 미니머스는 또 다른 노래를 만들었는데, 시작 부분은 이랬다.

동물 농장이여, 동물 농장이여,
나로 인해 그대가 다치는 일은 결코 없으리!

동물들은 매주 일요일 깃발을 올린 다음 이 노래를 불렀다. 하지만 왠지 모르게 가사나 곡조나 '잉글랜드의 동물들'에는 미치지 못하는 것 같았다.

제8장

며칠 뒤 처형으로 인한 공포가 진정되자 몇몇 동물은 여섯 번째 계명을 기억해내거나, 혹은 기억한다고 생각했다. 내용은 분명 '어떤 동물도 다른 동물을 죽여선 안 된다'였다. 아무도 돼지나 개가 듣는 데서 그 이야기를 하려고 하지 않았지만, 동물들은 저번에 벌어진 학살이 그 계명에 위배된다고 생각했다. 클로버는 벤저민에게 여섯 번째 계명을 읽어달라고 했지만, 늘 그랬듯 그는 그런 일에 끼어들려 하지 않았다. 그녀는 할 수 없이 뮤리엘을 데려왔다. 뮤리엘은 클로버에게 계명을 읽어줬다. 내용은 이러했다.

"어떤 동물도 이유 없이 다른 동물을 죽여서 안 된다."

어떻게 된 일인지 모르지만, '이유 없이'라는 두 단어는 동물들의 기억에서 이미 사라졌던 것이었다. 하지만 동물들은 이제 학살이 그 계명을 위반한 것은 아님을 알게 됐다. 스노볼과 결탁한 반역자들을 죽이는 데는 분명 이유가 있었기 때문이다.

그 해 내내 동물들은 전년보다 더 열심히 일했다. 농장 본업도 하면서 풍차의 벽을 전보다 두 배로 두껍게, 그것도 정한 기일 내에 재건해야 되었으므로 노동량은 무지막지했다. 때때로 동물들은 존스 시절보다 일은 더 오래 하면서 먹는 건 더 적다는 생각을 하게 되었다. 일요일 아침마다 스퀼러는 앞발로 수치가 쭉 적힌 긴 종이 조각을 들고 와서 모든 종류의 식량 생산을 거론하며 각각 200퍼센트, 300퍼센트, 혹은 500퍼센트 늘어났다고 발표했다. 동물들은 믿지 않을 이유가 없었다. 반란 이전에 어떤 상황이었는지 선명하게 기억하는 동물은 아무도 없었으니까. 하지만 동물들은 그런 수치가 줄어들더라도 먹을 것이나 더 많이 주면 좋겠다고 생각하는 나날도 있었다.

이제 모든 지시는 스퀼러나 다른 돼지를 통해 전달되었다. 나폴레옹은 보름에 한 번 정도 공개석상에 나타났다. 동물들 앞에 나타날 때 그는 개들을 데리고 왔을 뿐만 아니라 검은 수탉도 동행시켰다. 이 수탉은 나폴레옹 앞에서 당당하게 걸으며 일종의 나팔수 노릇을 했다. 그는 나폴레옹이 말하기 전에 크게 '꼬끼오 꼬꼬' 소리를 냈다.

들려오는 말에 의하면, 본채에서조차 나폴레옹은 다른 돼지와는 다른 방에서 산다고 했다. 그는 시중드는 개 두 마리를 데리고 혼자 식사했으며, 항상 식사 때마다 거실 유리 찬장에 있던 크라운 더비 도자기 세트를 사용했다. 또 외양간 전투 기념일과 반란 기념일 외에도 매년 나폴레옹의 생일 때마다 엽총을 발사하여 기념한다는 발표도 나왔다.

나폴레옹은 이제 그저 '나폴레옹'으로 불리는 법이 없었다. 늘 〈우리 지도자 나폴레옹 동무〉라는 공식 호칭으로 불렸다. 돼지들은 그를 위해 각종 호칭을 만들어내는 일을 좋아했다. 그런 것으로는 〈모든 동물의 아버지〉〈인간들에게는 공포〉〈양떼 우리의 보호자〉〈오리 새끼의 친구〉 등이 있었다. 스퀼러는 연설할 때마다 나폴레옹의 지혜, 선의, 그리고 그가 모든 곳의 동물, 특히 그 중에서도 다른 농장에서 무지와 굴종의 상태로 살아가는 불행한 동물들에게 품고 있는 깊은 사랑을 언급하며 눈물을 뚝뚝 흘렸다. 일이 성공하거나 행운이 따를 때마다 나폴레옹에게 공로를 돌리는 건 일상적인 일이 되었다. 예를 들면 어떤 암탉은 다른 암탉에게 이렇게 자주 말했다.

"우리 지도자 나폴레옹 동무의 영도를 받아 엿새 동안 알을 다섯 개나 낳았어."

어떤 암소 두 마리는 물웅덩이에서 목을 축이며 이렇게 소리치기도 했다.

"나폴레옹 동무의 지도 덕분에 물맛이 어찌나 좋은지!"

전반적인 농장 분위기는 미니머스가 지은 '나폴레옹 동무'라는 제목의 시에 잘 나타나 있었다. 그 내용은 이러했다.

아버지 없는 자의 친구이시며
행복의 샘이시자
음식 찌꺼기 통의 주인이시여!
아아, 내 영혼이 어찌나
타오르는지 내가 그대의
잔잔하고 위엄 있는
하늘의 태양 같은 눈을 볼 때면
아아 나폴레옹 동지여!

그대는 동물들이 사랑하는
모든 것을 주시는 분
하루에 두 번 배부르고
깨끗한 짚에서 뒹구네
크고 작은 모든 동물이
축사에서 평화롭게 잠드네
그대는 모두를 보살피네
아아 나폴레옹 동지여!

내게 젖먹이 돼지가 있었다면
다 자라기 전에
파인트 잔이나 밀대보다
더 커지기 전에
젖먹이는 그대에게
충직하고 진실해지는
법을 반드시 배웠으리라
아아 그가 처음으로 내는 소리는
'나폴레옹 동무' 일지어다!

나폴레옹은 이 시가 좋다며 일곱 계명이 적힌 큰 헛간 벽의 맞은편에다 그것을 적도록 지시했다. 이 시의 바로 위엔 나폴레옹의 측면 초상화가 있었는데, 스퀼러가 흰 페인트로 그린 것이었다.

그러는 사이 휨퍼를 중개인으로 내세운 나폴레옹은 프레데릭과 필킹턴의 사이에서 복잡한 협상을 벌이게 되었다. 목재 더미는 아직 팔리지 않았다. 프레데릭은 필킹턴보다 훨씬 더 목재를 가지고 싶어 했지만, 합당한 가격을 제시하지 않았다. 동시에 새로운 소문에 의하면 프레데릭과 그의 일꾼들이 동물 농장을 공격하고 풍차를 파괴할 음모를 꾸미고 있다는 것이었다. 풍차의 건설이 프레데릭의 마음에 엄청난 질투심을 불러일으켰다는 얘기였다. 스노볼은 여전히 핀치필드 농장에 슬그머니 숨어 있는 것으로 알려졌다. 한여름에는 세 마리의 암탉이 스노볼에게 사주당해 나폴레옹 암살 음모에 가담했다고 자백하는 일이 있었는데, 동물들은 그 소식에 깜짝 놀랐다. 암탉들은 즉시 처형당했고, 나폴레옹의 경호를 위한 새로운 예방 조치가 도입되었다. 밤에는 네 마리의 개가 각자 그의 침대 모퉁이 하나씩을 맡으면서 그를 지켰다. 핑크아이라는 젊은 돼지는 나폴레옹이 식사하기 전에 그 음식을 시식하는 일을 맡았다. 혹시라도 독이 들었는지 검사하기 위해서였다.

거의 같은 시기에 나폴레옹이 목재 더미를 필킹턴 씨에게 팔기로 했다는 사실이 발표되었다. 그는 또한 동물 농장과 폭스우드 사이에 특정 생산품을 상호 교환하는 협정도 정식으로 체결할 예정이었다. 나폴레옹과 필킹턴의 관계는 비록 휨퍼의 중개를 거쳤지만 이제는 거의 우호적이 되었다. 동물들은 인간인 필킹턴을 믿지 않았지만, 그래도 프레데릭보다는 그를 훨씬 선호했다. 프레데릭은 동물들에게 공포와 증오의 대상이었다. 여름이 지나가는 동안에 풍차는 거의 완성되었고, 공격이 임박했다는 소문이 점점 크게 들려왔다. 들리는 바로는 프레데릭이 전원 총으로 무장한 스무 명의 인간을 이끌고 쳐들어올 것이며, 이미 시장과 경찰을 매수하여 그가 동물 농장의 등기 권리증을 갖게 되더라도 아무도 따지지 않을 것이라는 얘기가 나돌

왔다.

게다가 핀치필드 농장에서는 프레데릭이 그의 동물들에게 엄청난 학대를 저지르고 있다는 얘기가 들려왔는데, 끔찍하기 이를 데 없는 얘기였다. 그는 늙은 말을 죽을 때까지 매질했고, 암소를 굶어 죽게 했으며, 화로 안에 개를 던져 죽이기도 했다는 것이다. 이것도 모자라 그는 저녁마다 수탉의 발톱에 면도날 조각을 매달고 닭싸움 놀이를 시키면서 그것을 즐거운 구경거리로 삼았다는 소문이 들려왔다.

동물들은 이웃 농장의 동물들에게 자행되는 그런 학대 소문을 들을 때마다 분노로 피가 끓었다. 동물들은 때로 무리를 지어 핀치필드 농장을 공격하게 해달라고 강력히 요구했다. 인간들을 몰아내고 그 농장의 동물들을 해방시키고 싶다는 것이었다. 하지만 스퀄러는 경솔한 행동은 삼가고 나폴레옹 동무의 전략을 믿어보라고 조언했다.

그런 조언에도 불구하고 프레데릭에 대한 반감은 계속 고조되었다. 어느 일요일 아침 나폴레옹은 헛간에 나타나 프레데릭에게 목재 더미를 파는 걸 단 한 번도 고려한 적이 없다고 설명했다. 그런 부류의 악당들과 거래하는 건 자신의 위엄을 떨어뜨리는 일이라고 말했다. 비둘기들은 여전히 동물농장의 반란 소식을 퍼뜨리는 일을 맡았는데, 폭스우드에는 그런 선전을 펼치지 말라는 지시를 받았다. 그들은 또한 '인간에게 죽음을'이라는 구호를 '프레데릭에게 죽음을'이라는 구호로 대체하라는 지시도 받았다.

늦여름이 되었을 때 스노볼이 꾸민 또 다른 음모가 드러났다. 밀밭에 잡초가 무성했는데, 이유를 알고 보니 스노볼이 밤에 몰래 들어와 밀 종자와 잡초 씨앗을 섞어놓았던 것이다. 해당 음모를 이미 알고 있었던 한 수놈 거위는 스퀼러에게 그 사실을 자백했고, 즉시 벨라도나 열매를 삼켜 자살했다. 여태까지 많은 동물이 스노볼에게 '1등 동물 영웅 훈장'이 수여되었다고 생각해 왔으나, 이제는 그런 적이 없었다는 걸 알게 되었다. 그저 외양간 전투 후에 스노볼이 퍼뜨린 소문에 불과하다는 것이었다. 훈장을 받기는커녕 전투에서 겁쟁이 짓을 해서 질책을 받았다는 것이었다. 몇몇 동물은 이 말에 어리둥절했지만, 스퀼러는 곧 동물들에게 그들의 기억이 잘못되었다고 납득시켰다.

가을이 되었을 때 풍차가 완공되었다. 수확도 거의 동시에 진행되었기에 동물들은 무지막지하게 힘 드는 노동을 계속해야 되었다. 비록 휨퍼가 기계의 구매를 협상 중에 있지만, 기계는 아직 설치되지 않은 채 구조물만 완성된 것이었다. 모든 난관들, 예를 들어 경험 부족, 원시적인 도구, 불운 그리고 스노볼의 사악한 음모 등에도 불구하고 작업은 정확히 기일 내에 완료되었다. 동물들은 지치긴 했지만 자랑스러웠다. 그들은 자신들이 만든 걸작 주위를 계속하여 빙빙 돌면서 쳐다보았다. 그들의 눈에 풍차는 처음 지었던 것보다 훨씬 더 아름다웠다. 게다가 벽도 전보다 두 배나 두꺼웠다. 폭발물을 터뜨리지 않는 한, 이번에 풍차가 무너질 일은 없었다. 어떻게 고되게 일했는지, 어떻게 좌절을 극복했는지, 또 풍차의 날개가 돌아가고 발전기가 작동되면 삶이 얼마나 크게 변할지 등을 떠올리자 그들은 그 동안의 피곤함을 싹 잊어버렸다. 그들은 풍차 주변을 빙글빙글 뛰어다니며 승리의 함성을 내질렀다. 나폴레옹은 개들과 수탉을 동반하고 완공된 풍차를 시찰하러 왔다. 그는 그 놀라운 업적에 대하여 동물들에게 일일이 치하했고, 풍차를 나폴레옹 풍차로 명명한다고 발표했다.

이틀 뒤 동물들은 헛간에서 특별 회의가 있으니 참석하라는 지시를 받았다. 이 자리에서 나폴레옹은 목재 더미를 프레데릭에게 팔겠다고 발표했고, 동물들은 대경실색하며 아무 말도 하지 못했다. 프레데릭이 보내는 여러 대의 수레가 내일 도착하여 목재를 실어갈 예정이었다. 나폴레옹은 여태껏 겉으로는 필킹턴과 우호 관계를 과시하면서 실제로는 프레데릭과 비밀 협정을 맺었던 것이다.

이제 폭스우드와의 모든 관계는 중단되었다. 필킹턴에게는 모욕적인 메시지가 전달되었다. 비둘기들은 이제 핀치필드 농장에 들어가서 선전을 펼치지 말고, 또 '프레데릭에게 죽음을'이라는 구호를 '필킹턴에게 죽음을'이라는 구호로 바꾸라는 지시를 받았다. 동시에 나폴레옹은 동물 농장에 임박한 공격 소문은 사실무근이며, 프레데릭이 자기 농장 동물들에게 저지르는 학대는 지나치게 과장되었다고 동물들에게 말했다. 이 모든 소문은 스노볼과 그의 간첩들이 꾸며낸 것이라고 첨언하는 것도 잊지 않았다. 그리고 이제 밝혀진 사실은, 스노볼이 핀치필드 농장에 숨어있지 않았다는 것이었다. 실제로 그는 핀치필드에 평생 동안 있어 본 적이 없었다. 전하는 말에 따르면 스노볼은 폭스우드에서 사치스럽게 사는 중이었다. 필킹턴은 지난 몇 년 동안 실제로 그에게 연금을 지급했다는 것이었다.

돼지들은 나폴레옹의 영리한 전략에 황홀함을 느꼈다. 그는 필킹턴과 친하게 지내는 척하면서 프레데릭을 압박해 12파운드를 더 받아낸 것이었다. 하지만 스퀼러는, 나폴레옹의 우월한 정신은 그가 아무도 믿지 않는다는 사실에서 드러난다고 말했다. 그는 심지어 프레데릭도 믿지 않는다고 했다. 프레데릭은 목재 대금을 소위 약속어음이라는 것으로 지급하길 바랐다. 그것은 종이 위에 적힌 액수대로 나중에 지급하겠다고 약속하는 일종의 증서였다. 하지만 나폴레옹은 영리하여 그런 얕은 수에 넘어가지 않았다. 그는 5파운드 지폐로 현찰 지급을 요구했고, 목재를 옮기기 전에 전액 완납하라고 요구했다. 프레데릭은 이미 대금을 지급했고, 풍차에 들어갈 기계는 그 돈이면 충분히 살 수 있었다.

목재는 아주 빠르게 핀치필드로 실려 갔다. 목재가 전부 운송된 다음엔 헛간에서 또 다른 특별 회의가 열렸다. 동물들에게 프레데릭이 가져온 지폐를 보여주기 위해서였다. 나폴레옹은 훈장 두 개를 달고 즐거운 미소를 지으며 연단 위에 깔아놓은 짚 위에 누워 있었고, 그 옆에는 본채 부엌에서 가져온 도자기 접시 위에 돈이 깔끔하게 쌓여 있었다. 동물들은 줄을 지어 천천히 지나가며 마음껏 그 돈을 쳐다보았다. 복서는 지폐에 코를 들이밀어 킁킁거렸고, 그의 숨결에 얇고 흰 지폐는 살짝 움직이며 바스락거리는 소리를 냈다.

사흘 뒤에 동물 농장엔 큰 소동이 벌어졌다. 휨퍼는 창백해진 얼굴로 급히 자전거를 밟아 농장 마당에 도착하더니 자전거를 내동댕이치고는 곧바로 본채로 달려갔다. 얼마 뒤 나폴레옹의 방에선 목멘 분노의 고함이 들렸다. 어떤 일이 벌어졌는지 알려주는 소식은 들불처럼 농장에 빠르게 퍼져나갔다. 나폴레옹이 받은 현찰은 위조지폐였다. 프레데릭은 목재를 공짜로 가져간 것이었다!

나폴레옹은 즉시 동물들을 불러 모으고 먹따는 소리로 프레데릭에게 사형을 선고했다. 그는 프레데릭을 잡으면 산 채로 삶아 죽일 것이라고 했다. 동시에 그는 동물들에게 이미 이런 배신행위가 저질러졌으니 최악의 사태를 대비해야 한다고 주의를 주었다. 프레데릭과 그의 일꾼들이 오랫동안 예상해온 공격을 언제라도 해올 수도 있다는 것이었다. 농장으로 접근할 수 있는 모든 곳엔 보초가 배치되었다. 여기에 더하여 네 마리의 비둘기는 화해의 메시지를 가지고 폭스우드로 떠났다. 필킹턴과 다시 좋은 관계를 회복하고 싶다는 뜻을 담은 메시지였다.

바로 다음 날 아침 공격이 시작되었다. 동물들이 아침을 먹고 있을 때 전속력으로 농장에 달려온 파수꾼들은 프레데릭과 그의 부하들이 이미 빗장이 다섯 개 달린 대문을 통해 농장 안으로 들어왔다는 소식을 전했다. 대담하게도 동물들은 그들과 맞서 싸우기 위해 결연히 앞으로 나섰다. 하지만 이번엔 외양간 전투처럼 쉽게 이기진 못했다. 인간은 열다섯 명이었고, 총을 든 자는 여섯 명이었다. 그들은 동물들이 50야드 안으로 접근하자 총을 쐈다. 동물들은 끔찍한 폭발음과 찌르는 것처럼 아픈 총알에 맞서지 못했다. 그러자 나폴레옹과 복서가 그들을 독려하여 다시 전투 대형을 갖추려 했으나, 그들은 곧 뒤로 물러나게 되었다. 동물들은 농장 건물들로 대피했고, 건물 벽의 빈틈과 판자의 옹이구멍을 통해 조심스럽게 바깥을 살펴봤다.

적들은 풍차를 포함하여 그 큰 목초지 전부를 점령했다. 이에 나폴레옹조차 잠시 갈팡질팡했다. 그는 아무 말도 하지 않고 이리저리 서성거렸고, 그의 꼬리는 뻣뻣해진 채 씰룩거렸다. 동물들은 폭스우드 농장 방향으로 뭔가 아쉬운 눈빛을 보냈다. 필킹턴과 그의 일꾼들이 이런 때 도움을 준다면 싸움에서 이길 수도 있었다. 하지만 이때 전날 보낸 비둘기 네 마리가 돌아왔고, 그 중 한 마리는 필킹턴이 보내는 종이 조각을 갖고 있었다. 종이엔 연필로 이렇게 적혀 있었다.

"꼴 좋다!"

그러는 사이 프레데릭과 그의 일꾼들은 풍차 주위에 멈춰 섰다. 동물들은 그들을 쳐다보았고 불안해하는 중얼거림이 동물들 사이에서 두런두런 흘러나왔다. 곧 적의 일꾼 둘이 쇠 지렛대와 큰 망치를 꺼냈다. 그들은 풍차를 부수려는 속셈이었다.

"턱도 없지!"

나폴레옹이 소리쳤다.

"저런 짓을 할까 봐 벽을 아주 두껍게 만든 게 아니겠소. 저들은 한 주가 걸려도 풍차를 부술 수 없을 것이오. 용기를 내시오, 동무들!"

하지만 벤저민은 골똘히 인간들의 움직임을 지켜보고 있었다. 망치와 쇠 지렛대를 든 두 사람은 풍차 토대 근처에 구멍을 내고 있었다. 벤저민은 천천히, 그렇지만 재미있다는 듯이 기다란 주둥이를 끄덕였다.

"내 저럴 줄 알았지." 그가 말했다. "저자들이 무슨 짓을 하고 있는지 모르겠어? 저렇게 한 다음에는 저 구멍에다 폭약을 가득 채워 넣을 걸."

동물들은 겁에 질린 채로 기다렸다. 은신처인 건물에서 나가는 모험은 이제 불가능했다. 몇 분 뒤 인간들은 온 사방으로 대피했다. 그리고 이어 귀를 먹먹하게 하는 굉음이 울렸다. 비둘기들은 공중에서 빙빙 돌았고, 나폴레옹을 제외한 모든 동물이 배를 바닥에 대고 납작 엎드린 채 얼굴을 파묻었다. 그들이 다시 일어나자 한때 풍차가 있던 곳에서 검은 연기가 뭉게뭉게 피어올랐다. 순풍이 불어오자 연기는 천천히 사라졌고, 풍차는 더 이상 존재하지 않았다.

이 광경을 보자 갑자기 동물들에게 용기가 돌아왔다. 조금 전까지 느꼈던 두려움과 절망은 저 사악하고 비열한 행위가 촉발한 분노에 가려졌다. 동물들은 복수하자고 용감하게 소리쳤으며, 추가 지시를 기다리지도 않고 무리를 이뤄 곧장 적에게 돌격했다. 이번에 동물들은 우박처럼 쏟아지는 무서운 총알들을 전혀 신경 쓰지 않았다. 그것은 필사적이면서도 인정사정보지 않는 치열한 전투였다. 인간들은 연거푸 총을 쐈고, 동물들이 아주 가까이 다가오면 곤봉을 휘두르고 두꺼운 장화로 걷어찼다. 암소 한 마리, 양 세 마리, 거위 두 마리가 죽었고, 거의 모두가 상처를 입었다. 뒤에서 작전을 지휘하던 나폴레옹조차 꼬리 끝이 총알에 스쳐 잘려나갔다.

하지만 인간들이라고 무사한 건 아니었다. 세 명은 복서의 발굽에 맞아 머리가 깨졌다. 다른 한 명은 암소의 뿔에 복부를 들이 받혔다. 또 다른 한 명은 제시와 블루벨의 공격을 받아 바지가 거의 다 찢어졌다. 나폴레옹의 경호원인 아홉 마리의 개는 주인의 지시를 받아 산울타리 근처에 몸을 숨기고 우회했다가 갑자기 인간들의 측면에 나타났다. 사납게 으르렁거리는 그들의 모습에 인간들은 겁에 질리며 공황에 빠졌다. 그들은 포위당할 위기에 처했다는 걸 알게 되었다. 프레데릭은 부하들에게 상황이 좋을 때 빠져 나오라고 소리쳤고, 그러자 비겁한 적들은 목숨을 구하기 위해 필사적으로 도망쳤다. 동물들은 들판의 끝까지 그들을 쫓았고, 가시나무 울타리를 힘들게 빠져나가는 인간들의 엉덩이를 마지막으로 걷어찼다.

동물들은 승리했지만, 기진맥진한 데다 피까지 흘리고 있었다. 그들은 천천히 절뚝거리며 농장으로 돌아갔다. 죽어서 풀 위에 나자빠진 동무들을 보고 몇몇은 눈물을 흘렸다. 그들은 한때 풍차가 서 있던 곳에서 잠시 걸음을 멈추고 슬픔에 잠기며 침묵했다. 풍차는 사라졌다. 그들이 그토록 힘겹게 노동한 흔적은 거의 사라지고 없었다! 심지어 토대마저 일부 파괴되었다. 재건 작업을 하더라도 동물들은 이번에는 전처럼 흩어진 돌들을 다시 모아 쓸 수가 없었다. 돌 역시 사라졌기 때문이다. 폭발의 힘으로 돌들은 수백 야드 너머로 날아갔다. 마치 풍차가 애초부터 없던 것 같았다.

농장으로 접근했을 때, 동물들은 뚜렷한 이유 없이 전투 중에 사라진 스퀼러가 만족스럽다는 듯 활짝 웃으며 꼬리를 흔들고 팔짝팔짝 뛰어오는 모습을 보게 되었다. 이어 농장 건물들 쪽에서 엄숙한 총소리가 들려왔다.

"대체 무슨 일인데 총을 쏘는 거지요?" 복서가 물었다.

"우리 승리를 기념해야 하지 않겠습니까!" 스퀄러가 소리쳤다.

"무슨 승리?" 복서가 말했다. 그의 무릎에선 피가 흘렀다. 더불어 그는 편자도 하나 잃었고 발굽은 쪼개졌다. 그의 뒷다리엔 십여 개의 총알이 박혀 있었다.

"무슨 승리라뇨? 동무. 우리 땅에서 적을 몰아내지 않았습니까? 이 신성한 동물 농장의 땅에서요."

"하지만 풍차가 무너졌잖아요. 2년 동안 일해서 만든 그 풍차가!"

"무슨 상관입니까? 또 다른 풍차를 지을 건데요. 우리가 의욕만 발휘한다면 풍차 따위는 여섯 개라도 지을 겁니다. 동무, 동무는 우리가 이룬 이 엄청난 업적을 인정하지 않는 겁니까? 적은 지금 우리가 서 있는 이 땅을 잠깐 점령했었죠. 하지만 우리는 나폴레옹 동지의 영도력 덕분에 그 땅을 하나도 빼앗기지 않고 모조리 되찾은 겁니다!"

"그게 뭐야 우리가 원래 가지고 있었던 것을 되찾은 거잖아요." 복서가 말했다.

"그게 우리의 승리죠." 스퀄러가 말했다.

동물들은 절뚝거리며 마당으로 갔다. 살에 박힌 총알들 때문에 복서는 쓰리고 아팠다. 그는 기초부터 다시 풍차를 세우는 중노동에 뛰어드는 자신의 미래 모습을 떠올렸다. 그는 이미 상상 속에서 기운을 내어 일하고 있었다. 하지만 처음으로 복서는 이런 생각을 하며 중얼거렸다.

"이제 열한 살이나 먹었으니 예전처럼 엄청난 힘을 내지는 못할 것 같아."

하지만 동물들은 녹색 깃발이 나부끼고, 총이 여러 번 발사되는 소리를 듣고, 또 그들의 전공을 치하하는 나폴레옹의 연설을 듣자 어쨌든 대단한 승리를 거둔 것 같은 생각이 들었다. 전사한 동물들에겐 엄숙한 장례식이 거행되었다. 복서와 클로버는 영구차 역할을 하는 수레를 직접 끌었고, 나폴레옹은 대열의 맨 앞에 서서 걸었다. 승전 기념행사는 이틀에 걸쳐 진행되었다. 이 기간에 노래, 연설, 더 많은 축포 발사가 있었고, 모든 동물은 특별 선물로 사과 한 알을 받았다. 새들은 각각 옥수수 2온스, 개들은 각각 세 조각의 비스킷을 받았다. 이번 전투는 풍차 전투로 불릴 것이라고 발표되었다. 나폴레옹은 '녹색 깃발 훈장'을 새로 만들어 자신에게 수여했다. 대대적으로 승리를 축하하는 이런 분위기 속에서 위조지폐에 속았던 불행한 사건은 잊혔다.

이로부터 며칠 뒤에 돼지들은 본채의 지하 저장고에서 위스키 한 상자를 발견했다. 지하 저장고는 본채를 처음 점령했을 때부터 그냥 지나쳤던 곳이었다. 위스키가 발견된 날 밤, 본채에선 시끄럽게 노래를 부르는 소리가 들렸다. 그런데 그 노랫소리에는 '잉글랜드의 동물들'의 선율이 섞여 있어서 모든 동물이 깜짝 놀랐다. 아홉 시 반 정도가 되자 나폴레옹은 존스 씨의 낡은 중절모를 쓰고 본채 뒷문에서 나타나 빠르게 마당을 빙빙 뛰어다니다가 다시 안으로 사라졌는데, 동물들은 그 모습을 분명히 봤다.

다음 날 아침 본채는 침묵을 지켰다. 돼지는 단 한 마리도 꿈쩍하지 않았다. 스퀼러가 나타난 건 거의 아홉 시가 되어서였는데, 아주 맥없이 천천히 걸었다. 눈은 게게 풀려 흐리멍덩했고, 꼬리는 몸 뒤에서 흐느적거렸는데 어디를 봐도 엄청나게 아픈 것 같았다. 그는 동물들을 불러 끔찍한 소식을 전하게 되었다고 말했다. 나폴레옹 동지가 죽어간다는 것이었다!

동물들은 슬픔에 빠져 자기도 모르게 비명 소리를 냈다. 본채 문 밖에 짚이 깔렸고, 동물들은 발끝으로 걸어 다녔다. 그들은 눈물이 그렁그렁한 채 지도자가 이렇게 떠나버리면 우리는 어떻게 해야 하느냐고 서로에게 물었다. 이런 와중에 스노볼이 결국 나폴레옹의 음식에 독을 넣는 데 성공했다는 소문이 돌았다. 열한 시가 되자 스퀼러가 나와 또 다른 소식을 전했다. 나폴레옹 동지가 이 세상에서 제정한 마지막 법률로, 음주는 사형으로 처벌할 것이라는 엄숙한 지시를 내렸다는 것이었다.

하지만 저녁이 되자 나폴레옹은 다소 나아지는 것처럼 보였다. 다음 날 아침이 되자 스퀼러는 나폴레옹이 거의 회복되어 간다는 말을 동물들에게 전했다. 그날 저녁이 되자 나폴레옹은 다시 업무로 복귀했고, 다음 날이 되자 그가 휩퍼에게 윌링던에서 양조와 증류에 관한 소책자 몇 권을 사 오라고 지시했다는 이야기가 들렸다. 한 주 뒤 나폴레옹은 과수원 너머에 있는 작은 방목장을 쟁기로 일구라는 지시를 내렸다. 그곳은 일할 나이를 지난 동물들이 풀을 뜯어 먹을 수 있는 은퇴 장소로 전에 마련된 곳이었다. 하지만 나폴레옹은 그 목초지가 메말라졌으니 씨를 다시 뿌려야 한다는 것이었다. 하지만 곧 나폴레옹이 그곳에 보리 종자를 뿌릴 것이라는 이야기가 알려졌다.

이 즈음에 그 누구도 이해하기 힘든 기이한 사건이 하나 벌어졌다. 어느 날 밤 12시 정도가 되었을 때 마당에서 꿍음이 났고, 동물들은 축사에서 황급히 달려 나왔다. 이날 밤엔 달빛이 밝았다. 일곱 계명이 적힌 큰 헛간 벽 아래에 사다리가 두 조각나 있었고, 그 곁에는 스퀼러가 잠시 기절한 채로 뻗어 있었다. 그의 손 근처에는 랜턴과 붓, 그리고 뒤집힌 흰색 페인트 통이 있었다. 개들은 즉시 스퀼러 주변을 원형으로 감쌌고, 그가 걸을 수 있게 되자마자 호위하여 본채로 돌아갔다. 동물들은 대체 무슨 일인지 알 수 없었지만, 늙은 벤저민만은 뭔가 안다는 듯이 주둥이를 끄덕거렸으나 아무런 말도 하지 않았다.

며칠 뒤 뮤리엘은 일곱 계명을 읽었는데, 동물들이 잘못 기억하는 또 다른 계명이 거기 적혀 있었다. 그들이 기억하는 다섯 번째 계명은 '어떤 동물도 술을 마시면 안 된다'였지만, 그들이 잊어버린 두 단어가 있었다. 실제로 해당 계명은 이랬다.

'어떤 동물도 과도하게 술을 마시면 안 된다.'

제9장

복서의 쪼개진 발굽은 완치되는 데 오랜 시간이 걸렸다. 동물들은 승전 기념행사가 끝난 다음 날부터 풍차 재건을 시작했다. 복서는 하루 정도 쉬는 것조차 거부했다. 그는 아픈 모습을 보여주지 않는 걸 일종의 명예로 여겼다. 하지만 저녁이 되면 그는 클로버에게 몰래 발굽이 무척 아프다는 사실을 털어놓았다. 이에 클로버는 자신이 씹어서 만든 약초 습포제를 발라 그의 발굽을 치료했다. 그녀와 벤저민은 복서에게 일을 좀 덜 하라고 권유했다.

"말의 폐가 영원한 건 아니야." 클로버가 복서에게 말했다.

하지만 복서는 듣지 않았다. 그는 이제 바라는 일은 딱 하나뿐이라고 했다. 그것은 은퇴 연령이 되기 전에 풍차가 잘 돌아가는 모습을 보는 것이었다.

동물 농장의 법률이 처음 제정되던 초창기에 은퇴 연령은 다음과 같이 결정되었다. 말과 돼지는 12세, 암소는 14세, 개는 9세, 양은 7세, 암탉과 거위는 5세였다. 노령 연금은 후하게 합의되었다. 아직 실제로 은퇴하여 연금을 받는 동물은 없었지만, 최근 그 문제가 점점 더 많이 논의되었다. 과수원 너머 작은 방목장에 보리를 심기로 한 상황에서 큰 목초지의 한구석에 울타리를 쳐서 노쇠한 동물들의 보금자리로 만든다는 소문이 들려왔다. 말의 경우에 연금은 하루에 옥수수 5파운드, 겨울엔 건초 15파운드가 제공되며 공휴일엔 당근이나 사과가 제공될 것이라고 했다. 복서의 열두 번째 생일은 내년 늦여름에 돌아올 예정이었다.

그렇지만 동물들의 삶은 힘들었다. 겨울은 작년만큼 추웠는데 식량은 더 부족했다. 또다시 배급량이 줄어들었으나 돼지와 개는 예외였다. 스퀼러는 평등한 배급을 지나치게 엄격하게 실시하려고 하면 그 자체로 동물주의의 사상을 위반하는 것이라고 설명했다. 그는 겉으로 드러난 실상은 어떠하더라도 그와 무관하게 식량이 실제로는 부족하지 않다는 걸 다른 동물들에게 어렵지 않게 증명해냈다. 그는 당분간 배급량 재조정을 할 필요가 있지만(스퀼러는 항상 '축소'라는 말은 절대 쓰지 않고 '재조정'이라고 했다), 존스 시절과 비교하면 개선의 정도는 엄청난 것이라고 말했다. 그는 관련 수치들을 새는 목소리로 빠르게 읽으며 동물들에게 낱낱이 증명했다. 그들이 존스 시절보다 더 많은 귀리, 건초, 순무를 먹고 있으며, 더 짧은 노동 시간, 더 깨끗한 식수, 더 낮은 영아 사망률을 누리고 있다는 것이었다. 스퀼러는 이에 그치지 않고 축사에도 더 많은 짚이 깔렸으며, 벼룩도 줄었다는 말까지 했다. 동물들은 그의 말을 전부 믿었다. 사실대로 말하면 존스와 그를 상징했던 모든 건 이제 동물들의 기억에서 거의 사라졌다. 동물들이 아는 것이라고는 최근 삶이 가혹하고 빠듯하다는 것이었다. 그들은 자주 굶주렸고, 자주 추위에 떨었다. 잠을 잘 때가 아니면 늘 일을 했다. 하지만 그들은 존스가 농장주로 있던 때는 훨씬 더 나빴다는 말을 전혀 의심하지 않았다. 동물들은 기꺼이 그렇게 믿었다. 더욱이 그 시절에 그들은 노예였지만, 지금은 자유로웠다. 그건 정말로 엄청난 차이였다. 따라서 스퀼러도 그 점을 늘 빼놓지 않고 지적했다.

이젠 먹여야 할 입이 전보다 더 많아졌다. 가을에 암퇘지 네 마리가 동시에 총 서른한 마리의 새끼를 낳았다. 새끼들은 전부 흑백 얼룩무늬가 있었는데, 농장에서 거세하지 않은 유일한 수퇘지는 나폴레옹뿐이었으므로 누가 그들의 아버지인지는 뻔한 일이었다. 이후 벽돌과 목재를 사들여 본채 정원에 교실을 지을 것이라는 발표가 있었다. 당분간 새끼 돼지들은 본채 부엌에서 나폴레옹의 가르침을 받을 것이었다. 그들은 정원에서 운동했고, 다른 동물의 새끼와 함께 노는 건 금지 되었다. 이때쯤 돼지와 다른 동물이 길에서 만나면 다른 동물은 반드시 한쪽으로 비켜서야 한다는 규칙이 생겨났다. 또한 모든 돼지는 등급과는 무관하게 일요일마다 꼬리에 푸른 리본을 매달 특권 도 가지게 되었다.

농장은 꽤 성공적인 한 해를 보냈지만, 여전히 돈은 부족했 다. 교실을 짓기 위해 벽돌, 모래, 석회를 구입해야 했고, 풍차 에 쓸 기계도 사들여야 했기에 돈을 모을 필요가 있었다. 본채 에서 쓸 등유와 양초, 나폴레옹이 먹을 설탕(그는 살찐다는 이유로 다른 돼지들이 설탕을 먹는 걸 금지했다) 외에도 도구, 못, 줄, 석탄, 철 사, 고철, 개 비스킷 등 일상적으로 사용되는 물품도 사들여야 했다. 그 비용을 충당하기 위해 남은 건초와 수확한 감자 일부 를 팔았고, 달걀 계약 물량은 매주 600개로 늘어났다. 이 때문 에 그 해 암탉들은 병아리 부화에 어려움을 겪었고, 간신히 지 금 같은 수준의 암탉 개체 수를 유지할 수 있었다. 12월에 줄어 든 배급량은 2월에 또 줄었다. 기름을 아끼려는 목적 아래, 축 사에서 랜턴을 쓰는 건 금지되었다. 하지만 돼지들은 무척 안 락한 생활을 하는 것처럼 보였고 실제로 살이 찌고 있었다.

2월 말 어느 날 오후에 동물들은 전에 맡아본 적이 없는 따 뜻하고, 풍성하고, 식욕을 돋우는 냄새를 맡게 되었다. 그 냄새 는 존스 시절에는 쓰지 않던 부엌 너머에 있는 양조장에서 흘러나와 마당으로 퍼졌다. 누군가는 그 냄새가 보리를 삶을 때 나는 것이라고 했다. 동물들은 공중에 떠다니는 냄새를 허기진 자세로 킁킁거리며 맡았다. 그러면서 따뜻하게 삶은 곡물 사료가 저녁으로 준비되는 게 아닐까, 하고 궁금하게 여겼다. 하지만 저녁 때 삶은 곡물 사료가 나오는 일은 없었다. 이후 일요일이 되자 모든 보리는 이제부터 돼지에게만 배급된다는 발표가 있었다. 과수원 너머의 밭은 이미 보리밭이 되었다. 얼마 지나지 않아 흘러나온 소식에 따르면 모든 돼지는 매일 맥주 한 파인트를 배급받는다고 했다. 나폴레옹의 경우엔 늘 크라운 더비 도자기 수프 그릇에다 반 갤런을 마신다는 것이었다.

동물들은 이렇게 감내해야 하는 결핍에 대하여, 전보다 훨씬 위엄 있는 삶을 영위한다는 사실로 일부 상쇄했다. 농장엔 전보다 더 많은 노래, 연설, 행진이 있었다. 나폴레옹은 지시를 내려 매주 한 번 소위 '자발적 시위'를 하라고 했다. 이 시위의 목적은 동물 농장의 투쟁과 승리를 기념하는 것이었다. 지정된 시간에 동물들은 작업을 중지하고 군대처럼 대형을 갖춰 농장 구내를 행진했다. 행진 대열은 돼지들이 앞서서 이끌었고, 말, 암소, 양, 가금류가 차례로 돼지들 뒤에 섰다. 대열의 양쪽 측면에는 개들이 있었고, 대열 맨 앞에서 나폴레옹의 검은 수탉이 선도했다. 복서와 클로버는 항상 발굽과 뿔이 그려진 녹색 깃발을 나눠 들었는데, 거기엔 '나폴레옹 동지 만세!'라고 적혀 있었다. 나폴레옹에게 경의를 표시하는 시들이 낭송된 다음에는 스퀼러가 연설을 했는데, 자세한 수치를 제시해가며 최근 식량 생산이 늘어났다고 말했다. 때로는 엽총으로 예포를 발사하기도 했다. 양들은 자발적 시위에 무척 헌신적이었다. 누군가가 시위는 그저 시간 낭비이며 오랜 시간 동안 추위에 떨어야 하는 행사에 불과하다고 불평하면(때로 돼지나 개가 근처에 없을 때 불평하는 소수의 동물이 있었다) 양들이 어디선가 나타나서 "네 다리는 좋고, 두 다리는 나쁘다"라고 큰 소리를 지르면서 그를 침묵시켰다. 하지만 동물들은 대체로 이런 행사를 즐겼다. 어쨌든 자신이 진정한 농장의 주인이며, 자신이 하는 일이 곧 자신의 이익으로 돌아온다는 점을 떠올리면 위안이 되었던 것이다. 노래, 행진, 스퀼러가 나열하는 통계 수치, 총이 발사될 때 나는 큰 소리, 수탉의 울음소리, 이런 것들 덕분에 그들은 적어도 잠시나마 배가 고프다는 사실을 잊을 수 있었다.

4월이 되자 동물 농장은 공화국이 되었음을 선포했고, 그에 따라 대통령을 선출해야 되었다. 후보자는 오직 나폴레옹뿐이었으며, 만장일치로 선출되었다. 같은 날 스노볼이 존스와 공모한 선릴을 추기로 알려주는 새로운 문서가 발견되었다는 사실이 공포되었다. 추가로 폭로된 내용은 이러했다. 스노볼은 동물들이 전에 생각했던 것처럼 계략을 써서 외양간 전투의 패배를 가져왔을 뿐만 아니라, 노골적으로 존스의 편에 붙어서 싸웠다.

사실 농장을 쳐들어온 인간들의 지도자는 스노볼이었으며, 전투 중에 "인간 만세!"라고 외치며 동물들을 공격했던 것도 스노볼이었다. 몇 안 되는 동물들이 여전히 봤다고 기억하는 스노볼의 등에 난 상처도 실은 나폴레옹이 물어서 낸 것이었다.

한여름이 되었을 때 까마귀 모지즈가 갑자기 몇 년 만에 농장에 다시 나타났다. 그는 거의 변한 게 없었고, 여전히 일하지 않았으며, 여전히 똑같은 말투로 슈가캔디 마운틴에 관해 말했다. 그는 나무 그루터기에 앉아 검은 날개를 펄럭이며 귀 기울여 들어주는 동물은 누구나 한 시간씩 붙잡고 떠들어댔다.

"동무들, 저 위에는 있잖아." 그가 그 큰 부리로 하늘을 가리키며 엄숙하게 말했다. "저 위, 그러니까 저기 보이는 검은 구름 바로 건너편에 슈가캔디 마운틴이 있어. 그곳은 아주 행복한 나라지. 우리 불쌍한 동물들이 노동에서 영원히 벗어날 수 있는 곳이라고!"

그는 심지어 한 번은 높이 날아서 그곳에 가본 적도 있다는 말까지 했다. 그는 그곳에서 영원히 클로버가 자라는 들판과 아마인 깻묵과 각설탕이 자라는 산울타리를 봤다고 했다. 많은 동물이 그를 믿었다. 동물들은 지금 사는 삶이 배고프고 고되니까 여기가 아닌 다른 어딘가에 더 나은 세상이 있다는 게 마땅하고 옳은 일 아니냐고 생각했다. 그러나 정말 알기 어려운 건 모지즈에 대한 돼지들의 태도였다. 그들은 모두 슈가캔디 마운틴 이야기가 새빨간 거짓말이라고 경멸하는 어조로 분명하게 말하면서도 막상 모지즈가 나타나자 농장에 그대로 남을 수 있게 해줬다. 돼지들은 그에게 일을 시키지도 않았으며, 매일 맥주 4분의 1 파인트를 배급으로 주었다.

발굽이 나은 뒤 복서는 그 어느 때보다도 열심히 일했다. 실제로 모든 동물은 그 해 노예처럼 일했다. 농장의 정규 일과와 풍차 재건 외에도 3월부터 새끼 돼지를 위한 교실 건설 작업이 시작되었다. 때로는 부족하게 먹고 장시간 노동을 해야 하는 견디기 어려울 때도 있었지만, 복서는 절대 흔들리지 않았다. 그의 언행에서 전보다 힘이 없다고 느낄 만한 징후는 어디에서도 드러나지 않았다. 그저 겉모습만 조금 변했을 뿐이었다. 그의 가죽은 전보다 덜 윤기가 났고 커다란 엉덩이는 다소 위축된 것처럼 보였다. 다른 동물들은 봄 풀이 돋아나는 때면 복서가 체력을 회복할 거라고 말했다. 그러나 봄은 돌아왔어도 복서는 다시 살이 찌지 않았다.

때로는 채석장 꼭대기로 올라가는 비탈에서 그가 거대한 바위의 무게를 견디려고 온 힘을 쓰는 때는, 오로지 일을 계속하겠다는 의지 하나만으로 버티며 서 있는 것 같았다. 그럴 때면 그의 입술은 "더 열심히 일할 거야"라고 말하는 듯했지만, 녹소리는 나오지 않았다. 또 다시 클로버와 벤저민이 그에게 건강을 돌보라고 경고했지만 복서는 아예 듣지 않았다. 이젠 그의 열두 번째 생일이 머지않았다. 그는 연금 생활을 하기 전에 최대한 많은 돌들을 모아놓으려 했고 그 외의 다른 일은 전혀 신경 쓰지 않았다.

여름 어느 날 저녁 늦게 농장에 갑자기 소문이 돌았다. 복서에게 무슨 일이 일어났다는 것이었다. 그는 혼자서 석산 꼭대기에서 풍차까지 돌을 한 짐 가득 가져다 놓으려고 나갔었다. 그 소문은 사실로 밝혀졌다. 몇 분 뒤에 두 마리의 비둘기가 빠르게 날아와 소식을 전했다.

"복서가 쓰러졌어! 옆으로 누워서 일어나지 못해!"

농장 동물 절반 정도가 허겁지겁 풍차가 있는 작은 언덕으로 달려갔다. 그곳엔 수레의 두 굴대 사이에서 쓰러진 복서가 있었다. 목을 쭉 내밀고 있었고, 머리를 드는 것조차 제대로 하지 못하고 힘겨워 했다. 눈은 멍하게 번들거렸고, 양쪽 옆구리는 땀으로 범벅이 되었다. 입에서는 가느다랗게 피가 흘러나왔다. 클로버가 그의 옆에 무릎을 꿇고 앉았다.

"복서!" 그녀가 소리쳤다. "어떻게 된 거야?"

"폐가 말썽이야." 복서가 힘없는 목소리로 말했다. "상관없어. 내가 없어도 네가 풍차를 건설할 수 있을 거야. 돌은 꽤 많이 쌓아뒀어. 어쨌든 나한테는 일할 날이 한 달밖에 없었어. 사실 난 은퇴하길 쭉 기다려 왔지. 벤저민도 나이를 먹고 있으니 나랑 같이 은퇴시켜주겠지. 우린 동반자가 되는 거야."

"우린 당장 도움이 필요해." 클로버가 말했다. "누가 뛰어가서 스퀼러에게 지금 벌어진 일을 좀 말해줘."

그러자 다른 모든 동물이 즉시 본채로 달려가 스퀼러에게 소식을 전했다. 사고 현장에는 클로버와 벤저민만 남았다. 벤저민 역시 복서의 곁에 엎드려 아무 말도 하지 않고 긴 꼬리로 복서에게 달라붙는 파리를 떼어내고 있었다. 15분 정도 지나자 스퀼러가 나타났는데, 쓰러진 복서를 무척 걱정하며 동정했다. 그는 나폴레옹 동지가 농장에서 가장 충실한 노동자에게 벌어진 불행한 사고 소식을 전해 듣고 깊이 괴로워했으며, 이미 윌링던의 병원으로 복서를 보낼 준비를 마쳤다고 했다.

동물들은 이 말을 듣고 왠지 불안해졌다. 몰리와 스노볼을 제외하고 다른 동물은 농장을 떠난 적이 없었기 때문이다. 게다가 그들은 아픈 동무를 인간의 손에 넘기는 걸 그리 달갑게 생각하지 않았다. 하지만 스퀼러는 농장에서 치료하는 것보다 윌링던의 수의사가 훨씬 만족스럽게 복서의 병을 다스릴 수 있다고 말했고, 동물들은 이 말에 쉽게 설득되었다. 약 30분 뒤에 복서는 다소 회복되었고, 힘겹게 일어나 절뚝거리며 마구간으로 긴신히 들어갔다. 클로버와 벤저민은 그를 위해 짚으로 훌륭한 침대를 만들어줬다.

그 후 이틀 동안 복서는 마구간에 남아있었다. 돼지들은 욕실의 의약품 상자에서 분홍색 약이 든 큰 병을 꺼내 그에게 보냈고, 클로버는 하루 두 번 식사를 마친 복서에게 그 약을 건네 주었다. 저녁이 되면 그녀는 복서의 마구간에 엎드려 그에게 말을 걸었고, 벤저민은 복서에게 달라붙는 파리를 쫓았다. 복서는 자신에게 이런 사고가 발생한 것을 한스럽게 생각하지 않는다고 말했다. 그는 부상에서 거뜬히 회복하면 3년은 더 살 수 있을 것이고, 큰 목초지의 구석에서 보내게 될 평화로운 나날을 기대하고 있다고 말했다. 처음으로 갖게 되는 여유 시간을 공부하고 정신을 수양하는데 쓰고 싶다는 뜻도 밝혔다. 그는 여생을 남은 알파벳 스물두 글자를 익히는 데 쓸 생각이라고 했다.

벤저민과 클로버는 근무 시간이 끝난 뒤에야 복서와 함께 있을 수 있었는데, 그를 데려갈 짐마차가 도착한 건 한낮이었다. 동물들은 모두 밖으로 나가 돼지들이 감독하는 가운데 순무를 뽑고 있었다. 그때 그들은 고래고래 소리치며 농장 건물들 쪽으로 온 힘을 다해 달려오는 벤저민의 모습을 보고 깜짝 놀랄 수밖에 없었다. 그들은 벤저민이 그렇게 흥분한 걸 처음 봤다. 실제로 그가 전속력으로 달리는 걸 본 것도 그때가 처음이었다.

"빨리, 빨리!" 그가 소리쳤다. "당장 이쪽으로 와! 저들이 복서를 데려가고 있어!"

돼지들의 지시도 기다리지 않고 동물들은 일을 중단하고 농장 건물들 쪽으로 달렸다. 아니나 다를까 마당엔 두 마리 말이 끄는 큰 짐마차가 서 있었다. 마차 한쪽 면엔 글자들이 적혀 있었고, 모자 정수리가 푹 꺼진 중산모를 쓴 음흉한 외모의 어떤 남자가 운전석에 앉아 있었다. 복서의 마구간은 텅 비어 있었다.

동물들은 짐마차 주변으로 모여들었다.

"잘 가, 복서!" 동물들이 입을 모아 말했다. "잘 가!"

"이런 멍청이들! 이렇게 멍청할 데가!" 벤저민이 동물들 주위를 껑충껑충 뛰어다니며 그 작은 발굽을 동동 굴렀다.

"멍청이들아! 짐마차에 적힌 글씨 안 보여?"

동물들은 그 말을 듣고 인사를 그만뒀고, 곧 바로 그들 사이에 정적이 흘렀다. 뮤리엘은 글자를 읽기 시작했다. 하지만 벤저민이 그녀를 밀어내고 괴괴한 침묵이 흐르는 가운데 글자를 읽어나갔다.

"'앨프러드 시먼즈, 윌링던의 말 도축업자이자 접착제 제조자. 가죽과 뼛가루 판매. 개집 공급.' 이게 무슨 소린지 몰라? 복서를 폐마 도살장으로 끌고 가서 죽이려는 거라고!"

이 말에 모든 동물이 경악하며 소리를 내질렀다. 이 순간 운전석의 남자가 두 말에 채찍질을 했고, 짐마차는 재빠르게 마당 밖으로 달려갔다. 동물들은 전부 그 뒤를 쫓았고, 목청이 터지도록 소리쳤다. 클로버는 다른 동물들을 밀고 앞으로 나섰다. 짐마차는 속력이 붙기 시작했다. 클로버는 뚱뚱한 사지에 힘을 넣고 전속력으로 달리려고 애썼지만, 보통 구보의 속도만 나왔을 뿐이었다.

"복서!" 그녀가 소리쳤다. "복서! 복서! 복서!"

그리고 바로 이때 마치 바깥의 소란스러운 소리를 들은 것처럼 콧등에 흰 줄이 난 복서의 얼굴이 짐마차 뒤의 작은 창에 나타났다.

"복서!" 클로버가 목청이 찢어지는 듯한 목소리로 소리쳤다. "복서! 나와! 빨리! 널 죽이러 가고 있는 거야!"

"밖으로 나와, 복서, 나와!"라고 모든 동물들이 소리쳤다.

하지만 짐마차는 이미 속도를 내고 있어서 점점 그들에게서 멀어져 가고 있었다. 복서가 클로버의 말을 알아들었는지는 분명치 않지만, 잠시 뒤에 그의 얼굴이 창문에서 사라졌다. 그리고 짐마차 안에서 그가 발굽으로 쿵쿵 판자 벽을 때리는 소리가 엄청 크게 들렸다. 그는 마차의 판자를 깨부수고 나오려 하고 있었다. 복서가 힘이 좋아 발굽으로 몇 번 차면 그 짐마차가 산산조각이 나버렸을 법한 시절도 있었다. 하지만 아아! 그에게 이제 힘은 남아있지 않았다. 얼마 지나지 않아 발굽으로 쿵쿵거리는 소리는 점점 희미해지다 죽어버렸다. 절박한 나머지 동물들은 짐마차를 끄는 두 마리의 말에게 멈추라고 호소했다.

"동무들, 동무들!" 그들이 소리쳤다. "형제를 죽음으로 몰고 가면 안 돼!"

하지만 짐마차를 끄는 말들은 너무나 우둔한 짐승이어서 무슨 일이 벌어지고 있는지 알지 못했다. 그들은 그저 귀를 뒤로 젖히고 더욱 속도를 낼 뿐이었다. 복서의 얼굴은 창에 다시 나타나지 않았다. 누군가 마차보다 앞서 나가 다섯 개의 빗장이 달린 대문을 닫으면 된다고 생각했지만, 때는 너무 늦었다. 짐마차는 곧 대문을 통과했고, 빠르게 길 아래쪽으로 사라졌다. 그 후 복서는 다시 볼 수 없었다.

사흘 뒤 복서와 관련하여 발표가 있었다. 복서는 윌링던의 병원에서 필요한 모든 조치를 받았지만, 결국 숨을 거뒀다는 내용이었다. 동물들에게 그 소식을 전한 스퀄러는 복서가 최후를 맞을 때 옆에 같이 있었다고 말했다.

"내가 그토록 감동적인 장면을 본 적이 있나 싶군요!" 스퀄러가 앞발을 들어 올려 눈물을 닦으면서 말했다.

"저는 최후까지 그의 병상 곁에 있었습니다. 그는 지나치게 쇠약한 나머지 소리도 제대로 못 냈는데, 제게 이렇게 속삭였습니다. 풍차를 완공하기 전에 세상을 떠나는 게 유일한 슬픔이라고요. 이어서 이렇게 속삭였습니다. '전진, 동무들! 반란의 이름으로 전진하시오. 동물 농장 만세! 나폴레옹 동지 만세! 나폴레옹은 언제나 옳다.' 동무들, 이게 그의 마지막 말이었습니다."

여기서 스퀄러의 태도가 갑자기 바뀌었다. 그는 잠시 아무 말도 하지 않았고, 그 작은 눈에 의심이 가득한 채 이리저리 둘러 본 다음 말을 이어갔다.

"저도 알고 있습니다. 복서를 옮길 때 떠돌던 어리석고 사악한 소문에 관해서요. 몇몇 동물이 복서를 데려간 짐마차에 '말 도축업자'라고 적힌 걸 보고 복서가 도축당할 것이라고 속단한 모양이더군요. 아니, 우리 동물들이 그렇게까지 멍청할 수 있다니 참으로 믿기 힘듭니다." 여기서 그는 꼬리를 흔들고 좌우로 가볍게 뛰면서 벌컥 화를 냈다.

"친애하는 지도자 나폴레옹 동지가 설마하니 그런 사악한 짓을 했겠습니까?" 스퀼러의 해명은 실제로 무척 간단했다. "그 짐마차는 예전에 도축업자가 쓰던 것입니다. 수의사가 사들이고는 아직 옛날 상호를 지우지 않은 거라고요. 여러분은 그래서 오해를 한 겁니다."

동물들은 그 말을 듣고 크게 안도했다. 더 나아가 스퀼러가 복서의 임종, 그가 받은 훌륭한 치료, 나폴레옹이 가격 따지지 않고 대어준 값비싼 약 등에 관해 생생하고 자세하게 설명하자 동물들의 마지막 남은 의혹은 사라졌다. 동시에 그들이 복서의 죽음에서 느낀 슬픔도 그가 적어도 행복하게 죽었다는 생각으로 크게 완화되었다.

나폴레옹 본인도 그 다음 일요일 아침에 열린 회의에 나타나 복서를 기리는 짧은 연설을 했다. 그는 애석하게 떠난 동무의 유해를 가져와 농장에 매장하지는 못하지만, 본채 정원에 있는 월계수로 커다란 화환을 만들어 복서의 무덤에 놓아둘 것을 지시했다고 말했다. 또한 며칠 내로 돼지들은 복서를 기릴 추모 연회를 개최할 것이라고 덧붙였다. 나폴레옹은 복서의 두 가지 좌우명인 '내가 더 열심히 일할 거야'와 '나폴레옹 동지는 언제나 옳다'를 동물들에게 상기시키며 연설을 마쳤다. 그는 이어 모든 동물이 그것을 그들의 좌우명으로 받아들이는 게 좋을 거라고 말했다.

연회를 개최하기로 한 날에 식료품 장수가 짐마차를 윌링던에서 몰고 와서 커다란 나무 상자 하나를 본채에 전달했다. 그날 밤엔 시끌벅적한 노랫소리가 본채에서 들렸고, 이후 격렬한 말다툼 같은 소리도 나더니 11시경에 유리 깨지는 소리가 엄청 크게 들렸다. 다음날 정오가 되기 전까지 본채에서 미동을 보이는 돼지는 단 한 마리도 없었다. 들리는 이야기로는 돼지들이 어디선가 돈이 나서 위스키 한 상자를 새로 사들였다는 것이다.

제10장

그 뒤로 몇 년이 지났다. 계절이 왔다가 갔고, 짧은 동물들의 삶은 빠르게 지나갔다. 이제는 클로버, 벤저민, 까마귀 모지즈, 그리고 몇 마리의 돼지들을 빼고는 아무도 반란 이전의 시절을 기억하지 못했다.

뮤리엘은 죽었다. 블루벨, 제시, 핀처도 죽었다. 존스 역시 죽었다. 그는 잉글랜드 어딘가에 있는 알코올 중독자 수용소에서 삶을 마쳤다. 스노볼은 완전 망각되었다. 복서를 기억하는 동물은 이제 그를 알던 소수만 남았다. 클로버는 이제 늙고 뚱뚱한 암말이 되었다. 관절은 뻣뻣했고, 눈에서 점액이 분비되는 일이 잦았다. 그녀는 은퇴 연령보다 두 살 더 많았지만, 실제로 은퇴한 동물은 아무도 없었다. 목초지 한 구석을 노쇠한 동물들을 위해 내준다는 이야기는 사라진 지 오래였다. 나폴레옹은 이제 24스톤이 나가는 원숙한 수퇘지가 되었다. 스퀼러는 지나치게 살이 쪄서 두 눈이 덮이는 바람에 아주 힘들게 사물을 쳐다볼 수 있었다. 전과 다를 바 없는 건 유일하게 벤저민뿐이었다. 주둥이가 살짝 더 희끗해졌다는 것을 제외하면 영락없이 예전 모습 그대로였다. 하지만 그는 복서가 죽은 후에는 전보다 더 시무룩하고 무뚝뚝해졌다.

비록 그 증가 추세가 예전에 예상한 것만큼 대단하지 않았지만, 농장에는 이제 더 많은 동물이 생겨났다. 새로 태어난 많은 동물에게 반란은 그저 입으로만 전해지는 희미한 전통일 뿐이었고, 다른 곳에서 사들인 동물들은 동물 농장에 도착하기 전에 반란에 관해서는 전혀 이야기를 들은 바가 없었다. 농장에는 이제 클로버 외에도 세 마리의 말이 있었다. 그들은 훌륭하고 날씬한 동물이자 적극적으로 노동하는 훌륭한 동무였지만, 아주 멍청했다. 그들 중 아무도 알파벳에서 B 뒤에 있는 글자를 익히지 못했다. 그들은 반란과 동물주의 사상에 관한 이야기를 모두 받아들였고, 특히 클로버가 하는 이야기라면 무조건 믿어버렸다. 그들은 마치 클로버의 자식이라도 된 것처럼 그녀를 존중했다. 하지만 그들이 들은 이야기를 제대로 이해했는지는 분명하지 않았다.

농장은 예전보다 더욱 번창했고, 더욱 조직적으로 움직였다.

심지어 필킹턴 씨에게서 두 개의 밭을 사들여 농장 크기는 더 커졌다. 풍차는 결국 성공적으로 완공되었고, 농장은 이제 탈곡기와 건초 양곡기를 보유했다. 다양한 새로운 건물도 새로 지어졌다. 휨퍼는 새로 2륜 마차를 구입했다. 하지만 풍차는 결국 발전 용도로는 사용되지 않았다. 대신 풍차는 옥수수알갱이를 분쇄하는 일을 했고 그것으로 꽤 훌륭한 수익을 냈다. 동물들은 또 다른 풍차를 짓느라 열심히 일했다. 새로운 풍차가 완공되면 발전기가 설치될 것이라고 했다. 하지만 스노볼이 한때 말해주어 동물들이 꿈꿨던 풍차로 인한 호사, 즉 전등이 달린 축사, 냉온수 공급, 주 3일 노동 등은 더 이상 이야기되지 않았다. 나폴레옹은 그런 생각이야말로 동물주의 사상에 어긋난다고 비난했다. 그는 진정한 행복은 근면하게 일하고 검소하게 사는 것에 있다고 말했다.

아무튼 농장은 점점 부유해지는 반면 동물들은 전보다 더 나아지지 못했다. 물론 돼지와 개는 예외였다. 동물들이 궁핍한 것은 돼지와 개가 지나치게 많다는 것도 부분적인 이유가 되었다. 그들이 일하지 않는 건 아니었다. 자기 방식대로 하는 일이 있었다. 스퀼러가 누차 설명한 것처럼 농장을 감독하고 조직하는 일은 끝이 없었다. 이런 일 대다수는 다른 동물들이 이해하기엔 무척 난해한 것이었다. 예를 들어 스퀼러는 동물들에게 돼지들은 매일 소위 '서류철', '보고서', '회의록', '각서' 등의 알 수 없는 문서들을 처리하느라 엄청난 노동을 해야 한다고 했다. 이것들은 글을 가득 적어 넣어야 하는 커다란 종이였는데, 글이 다 적히면 화로에 집어넣어 태워버렸다. 스퀄러는 그런 소각 작업이 농장의 보안에 가장 중요하다고 말했다. 하지만 여전히 돼지나 개들이 그들의 힘을 써서 식량을 생산하는 일은 없었다. 더욱이 그들은 숫자가 아주 많았고, 식욕은 늘 엄청났다.

다른 동물들의 삶에 대해 말해 보자면, 그들이 알고 있는 한 그들의 삶은 늘 똑같았다. 그들은 대체로 배고팠고, 짚 위에서 잤으며, 저수지에서 목을 축이고, 밭에서 일했다. 겨울이 되면 추위 때문에 힘들었고, 여름이 되면 파리 때문에 괴로웠다. 때로는 나이든 동물들이 희미한 기억을 뒤져 존스를 추방한 지 얼마 되지 않았을 때인 반란 초기의 삶이 지금보다 더 나았는지 나빴는지 밝히려고 했지만, 도무지 기억할 수가 없었다. 동물들은 지금 사는 삶을 다른 삶에 견주어 보려 해도 비교의 대상이 없었다. 동물들은 스퀄러가 제시하는 각종 수치 이외에는 근거 자료가 없었다. 그는 늘 그 수치를 통해 모든 게 너 나이지고 있나고 설명했다. 동물들은 그 문제를 풀 방법이 전혀 없었다. 어쨌든 그들은 지금 그런 일을 깊이 생각할 시간이 없었다. 오로지 늙은 벤저민만 그 자신의 오랜 삶의 모든 세부사항을 기억한다고 말했다. 그는 삶의 조건들은 과거와 비교하여 더 좋거나 나쁘지는 않으며, 또 어느 한쪽으로 달라질 수도 없다고 말했다. 굶주림, 고생, 실망은 바꿀 수 없는 삶의 법칙이라는 것이었다.

그래도 동물들은 결코 희망을 버리지 않았다. 더욱이 그들은 동물 농장의 일원으로 느끼는 명예심과 특권 의식을 단 한 순간도 잊지 않았다. 잉글랜드를 통틀어 동물들이 소유하고 운영하는 유일한 농장은 동물 농장뿐이었다. 가장 어린 동물조차, 10마일이나 20마일 떨어진 농장에서 사들인 신입조차 동물 농장의 동물이라면 그런 사실에 경이로움을 표할 수밖에 없었다. 동물들은 총을 발사하는 소리를 듣고 깃대 꼭대기에서 펄럭이는 녹색 깃발을 보면 무한한 자긍심으로 가슴이 부풀었다.

동물들은 이야기라고 하면 늘 영웅적인 옛 시절을 말했다. 존스를 내쫓고, 일곱 계명을 제정하고, 인간 침입자를 물리친 위대한 전투들에 관한 이야기는 끊임없이 동물들의 입에 올랐다. 동물 공화국에 관한 메이저의 예언, 즉 인간들이 모두 사라져서 잉글랜드의 푸른 들판을 밟는 인간이 없을 때가 온다는 이야기를 동물들은 여전히 믿고 있었다. 언젠가 그 날은 다가올 것이었다. 곧 오지 않아서 지금 살아 있는 동물들의 생시에는 오지 않더라도, 언젠가는 올 것이었다. 심지어 '잉글랜드의 동물들' 노래도 농장 여기저기서 은밀하게 흥얼거려졌다. 비록 그 노래를 크게 부를 용기 있는 동물은 없었지만, 동물 농장의 동물이라면 '잉글랜드의 동물들'을 알고 있다는 건 엄연한 사실이었다. 삶이 힘들고 모든 기대가 충족된 건 아니었지만, 그들은 자신이 다른 동물과는 다르다는 걸 의식하고 있었다. 배고프더라도 독재자 인간들을 먹이기에 배고픈 것은 아니었다. 일을 열심히 하는 건 적어도 그들을 위해 하는 것이었다. 그들 중 아무도 두 다리로 걷는 동물은 없었다. 누구도 다른 동물을 '주인님'으로 부르지 않았다. 모든 동물은 평등했다.

초여름 어느 날 스퀼러는 양들에게 자신을 따라오라고 지시했다. 그는 농장 한쪽 끝에 있는 어린 자작나무들이 웃자란 묵은 땅으로 양들을 데리고 갔다. 양들은 스퀼러가 감독하는 가운데 종일 잎을 뜯어먹으며 보냈다. 저녁이 되자 스퀼러는 본채로 돌아갔다. 날이 따뜻했기에 그는 양들에게 그곳에 계속 머무르라고 했다. 양들은 한 주 내내 그곳에 머물렀고, 그동안 다른 동물들은 그 양들을 전혀 보지 못했다. 스퀼러는 매일 많은 시간을 양들과 함께 보냈다. 그는 양들에게 새로운 노래를 비밀리에 가르치는 중이라고 했다.

양들이 돌아온 직후 동물들은 일을 끝내고 농장 건물들로 돌아가는 들뜨운 저녁을 맞이했다. 그런데 갑자기 마당에서 끔찍한 말 울음소리가 들렸다. 동물들은 놀라서 가던 길에서 멈춰 섰다. 클로버의 목소리였다. 그녀는 다시 크게 울음소리를 냈고, 모든 동물이 온 힘을 다해 마당으로 뛰었다. 그들은 그렇게 하여 클로버가 봤던 걸 보게 되었다.

돼지 한 마리가 뒷다리로 걷는 중이었다!

그렇다, 그건 바로 스퀼러였다. 그런 자세로 육중한 몸을 지탱하는 게 썩 익숙하지 않은 모양이었고, 또 조금 어색하긴 했지만, 그래도 완벽하게 균형을 유지한 채 마당을 거니는 중이었다. 잠시 뒤 본채 문밖으로 돼지들이 길게 줄을 지어 나왔는데, 전부 뒷다리로 걷고 있었다. 몇몇은 다른 돼지보다 잘 걸었고, 한두 마리는 약간은 불안정하여 지팡이를 짚어야 할 것 같았지만, 그래도 모든 돼지가 성공적으로 마당 주변을 걸어 다녔다. 마침내 개들이 엄청나게 짖고, 검은 수탉이 새된 울음소리를 내는 가운데 나폴레옹이 나왔다. 그는 위풍당당하게 똑바로 선 채 오만한 시선으로 좌우를 둘러보았다. 개들은 그의 주변을 뛰어다녔다.

나폴레옹은 앞발에 채찍을 들고 있었다.

마당은 쥐죽은 듯 조용했다. 놀라고 겁에 질린 동물들은 옹기종기 모여서 돼지들이 긴 행렬을 이뤄 천천히 마당 주위로 나아가는 모습을 보았다. 마치 세상이 뒤집힌 것 같았다. 충격이 가시자 동물들은 무슨 일이 있어도 항의를 해야겠다는 생각이 들었다. 개들도 무섭고, 오랫동안 무슨 일이 벌어져도 절대 불평하지 않고 비판하지 않는 버릇이 들었지만, 그래도 할 말은 해야 한다고 생각했다. 하지만 바로 그 순간, 마치 신호라도 주어진 것처럼 모든 양이 엄청나게 매에 하며 이런 노래를 불러댔다.

"네 다리는 좋고, 두 다리는 더 좋다! 네 다리는 좋고, 두 다리는 더 좋다! 네 다리는 좋고, 두 다리는 더 좋다!"

양들은 쉬지 않고 5분 동안 외쳐댔다. 그들이 잠잠해지자 동물들이 항의할 기회가 사라져버렸다. 왜냐하면 돼지들이 다시 본채로 돌아갔기 때문이었다.

벤저민은 어깨에 누가 코를 비비고 있다는 걸 깨달았다. 돌아보니 클로버였다. 그녀의 노안은 그 어떤 때보다도 흐리멍덩해 보였다. 그녀는 아무 말도 하지 않고 부드럽게 벤저민의 갈기를 당겨 일곱 계명이 적힌 큰 헛간 끝으로 데려갔다. 잠시 그들은 흰 글자가 적힌 타르를 칠한 벽을 바라보며 서 있었다.

"눈이 점점 흐릿해져서 말이야." 클로버가 마침내 입을 뗐다. "젊을 때조차 나는 무엇이 적힌 지 읽을 수 없었어. 하지만 벽이 뭔가 달라진 것 같아. 벤저민, 일곱 계명이 옛날하고 똑 같은 거야?"

처음으로 벤저민은 원칙을 깨기로 마음먹고 그녀에게 벽에 적힌 길 읽어줬다. 이젠 단 하나의 계명을 제외하곤 아무것도 적혀 있지 않았다. 그 계명은 이랬다.

모든 동물은 평등하지만

어떤 동물은 다른 동물보다
더 평등하다

그 후, 농장 작업을 감독하는 돼지들이 모두 앞발에 채찍을
쥔 모습은 이상하게 보이지 않았다. 돼지들이 무선 송수신기를
사들이고 전화를 설치했으며,《존 불》《팃 비츠》《데일리 미러》
를 구독하는 것도 이상하게 보이지 않았다. 나폴레옹이 본채에
서 입에 담뱃대를 문 채로 나와 정원을 거니는 것을 보아도, 돼
지들이 옷장에서 존스의 옷을 꺼내 걸치는 것도 이상하지 않
았다. 나폴레옹은 검은 상의에 약식 사냥복 반바지를 입고 검
은 각반을 신은 채로 나타났고, 그가 아끼는 암돼지는 존스 부
인이 일요일마다 입곤 하던 물결무늬 비단 드레스를 입고 나
타났다.

한 주가 지나고 오후가 되자 여러 대의 이륜 마차가 농장으
로 들어왔다. 초청을 받은 인근 농부들이 대표단을 꾸려 농장
시찰을 온 것이었다. 그들은 농장 모든 곳을 둘러봤고, 육안으
로 본 모든 것에 크게 감탄했다. 특히 풍차를 보고서는 깊은 존
경의 마음을 표시하기도 했다. 동물들은 밭에서 순무를 뽑는
중이었다. 그들은 근면하게 일했고, 땅에서 거의 얼굴을 들지
않았다. 그들은 돼지와 인간 방문객 중 어느 쪽을 더 무서워해
야 할지 알지 못했다.

그날 밤 본채에선 크게 웃고, 크게 노래 부르는 소리가 들렸다. 갑자기 목소리가 뒤섞여 나자 동물들은 호기심을 억누를 수 없었다. 처음으로 동물과 인간이 평등한 관계로 만나는 데 무슨 일이 벌어지고 있는지 정말 궁금했다. 그래서 그들은 일제히 최대한 조용히 본채 정원으로 살금살금 다가가기 시작했다.

문에서 그들은 걸음을 멈췄고, 절반은 겁이 나서 더 이상 나아가려고 하지 않았다. 하지만 클로버가 앞장서서 동물들을 이끌었다. 그들은 발끝으로 살금살금 걸으며 본채로 갔고, 키가 큰 동물들은 식당 창문을 통해 어떤 일이 벌어지는지 자세히 봤다. 식당의 긴 탁자 주위로 여섯 명의 농부와 여섯 마리의 지위가 높은 돼지가 앉아 있었고, 나폴레옹은 상석에 앉아 있었다. 돼지들은 의자에 무척 편안하게 앉아 있었다. 그들은 카드 게임을 즐기는 중이었지만, 어느 순간 게임을 그만뒀다. 축배를 들기 위해서였다. 큰 술병이 돌았고, 빈 잔은 맥주로 채워졌다. 그들 중 아무도 동물들이 궁금한 표정으로 창을 통해 지켜보고 있다는 사실을 눈치 채지 못했다.

폭스우드의 필킹턴 씨는 손에 술잔을 든 채로 자리에서 일어났다. 곧 그는 일행에게 건배 제의를 하겠다고 했다. 하지만 그 전에 몇 마디 하는 게 의무라고 생각한다고 했다.

"나는 물론이고, 이 자리에 계신 모든 분이 오랜 불신과 오해를 이제 끝내게 되어 더없이 만족스러우리라 생각합니다. 저나 여기 동석하신 분들은 그러지 않았지만, 동물 농장의 인간 이웃들은 한때 이 훌륭한 동물 농장 소유주들을 적개심까지는 아니더라도 의심의 눈으로 바라보았습니다. 불행한 사건들이 발생하고, 잘못된 생각이 유포되기도 했습니다. 돼지들이 소유하고 운영하는 농장이 존재한다는 게 왠지 모르게 이상하다고 생각됐고, 이웃을 불안하게 만들 수 있다고 느껴졌습니다. 지나치게 많은 농부가 적절하게 알아보지도 않고 방종과 무질서가 동물 농장에 팽배할 것으로 생각했습니다. 그들은 동물 농장이 그들의 동물들이나 인간 직원들에게 악영향을 미치지나 않을까 염려했습니다.

하지만 이제 그런 우려는 모조리 사라졌습니다. 오늘 나와 친구들은 동물 농장을 방문하여 두 눈으로 직접 사소한 것도 빼놓지 않고 모든 것을 둘러봤습니다. 그렇게 해서 본 게 무엇이냐? 그건 바로 동물 농장이 최신 방식을 사용할 뿐만 아니라, 규율과 질서까지 갖췄다는 겁니다. 가히 농부라면 본받아야 할 것입니다. 동물 농장의 하급 동물들은 이 고장의 다른 어떤 동물들보다 적게 먹으면서 더 많은 일을 하던데, 제가 틀린 말을 하는 건 아니라고 생각합니다. 실제로 오늘 여기 방문한 저와 제 동료들은 농장으로 돌아가면 바로 도입하고 싶은 많은 특징들을 관찰했습니다.

동물 농장과 그 이웃 사이에 존속하는 우호 감정은 앞으로도 계속되어야 합니다. 저는 이 말을 다시 한 번 강조하며 말을 마치려고 합니다. 돼지와 인간 사이엔 그 어떤 이해관계의 충돌도 없고, 그럴 필요도 없습니다. 투쟁하고 곤경을 겪는 건 인간이나 동물이나 똑같습니다. 노동 문제는 어디나 똑같지 않겠습니까?"

　여기서 필킹턴 씨는 치밀하게 준비한 재치 있는 말을 좌중에 꺼내려는 게 분명했다. 하지만 그는 잠시 그 말이 너무 우스워 킥킥거리며 제대로 말을 꺼내지 못했다. 층층이 겹친 그의 삼겹살 턱이 새빨갛게 변할 정도로 목이 메더니 그는 간신히 그 준비한 말을 꺼냈다.

　"여러분이 하급 동물과 갈등을 벌이고 있다면, 우리는 하층 계급 사람과 갈등을 벌이고 있습니다!"

　이 기지 넘치는 발언에 좌중은 웃음바다가 되었다. 필킹턴 씨는 적은 배급량과 긴 노동 시간을 언급하며 다시 한 번 돼지들을 축하했고, 동물 농장의 동물들이 전혀 앙탈을 부리지 않는 모습도 마찬가지로 칭찬할 일이라고 했다. 그는 마지막으로 이렇게 말했다.

　"여러분, 모두 자리에서 일어나 주십시오. 잔을 가득 채워주시기 바랍니다. 신사 여러분, 건배합시다. 동물 농장의 번영을 위하여!"

식당에 있던 일동은 열렬히 환호를 보내며 발을 굴렀다. 나폴레옹도 무척 만족한 나머지 자리를 벗어나 탁자를 돌아 필킹턴 씨가 선 곳으로 갔다. 이어 그는 필킹턴 씨와 술잔을 부딪치고 잔을 비웠다. 환호성이 잦아들자 두 발로 서 있던 나폴레옹은 자신도 역시 할 말이 있음을 넌지시 알렸다.

나폴레옹의 연설이 전부 그랬듯이, 이번에도 그는 짧고 간결하게 말했다.

"나 역시 오해의 시기가 끝나게 되어 기쁘기 그지없소. 오랫동안 소문이 돌았소. 아무래도 악의에 찬 적이 퍼뜨렸다고 생각할 수밖에 없는데, 어쨌든 그 내용은 나와 내 동료들의 사상이 체제 전복적이고 심지어 혁명적이라는 것이었소. 게다가 우리는 이웃 농장 동물들에게 반란을 사주한다는 소리까지 들었소. 이런 말이 어떻게 사실일 수 있겠소! 예전이나 지금이나 우리의 유일한 바람은 평화롭게 살면서 이웃과 정상적인 사업 관계를 유지하는 것이오. 명예롭게도 내가 관리를 맡게 된 이 농장은 협동 기업이오. 이곳의 부동산 권리증서는 내가 가지고 있지만, 돼지들이 공동으로 소유하고 있소.

예전에 떠돌던 의혹이 아직도 남아있다고 생각하지는 않지만, 최근 농장의 관례에 변화를 줬소. 이는 신뢰를 더 높이려는 조치요. 여태까지 농장 동물들이 서로를 '동무'라고 부르는 어리석은 관습이 있었지만, 앞으로 금지될 것이오. 또한 근원을 알 수 없는 이상하기 짝이 없는 관습도 한 가지 있는데, 그건 바로 일요일 아침마다 정원에 있는 기둥에 못으로 박힌 한 수퇘지의 두개골 앞을 줄지어 지나가는 거요. 이것 역시 금지될 것이오. 그 두개골은 이미 파묻었소. 농장에 들른 여러분은 깃대 끝에 걸린 녹색 깃발을 봤을 거요. 알아챘을지도 모르겠지만, 예전에 깃발에 흰색으로 그려뒀던 발굽과 뿔은 이제 사용되지 않을 것이오. 이제부터는 아무것도 그리지 않은 녹색 깃발만 사용할 것이오.

필킹턴 씨가 친절하고 훌륭한 연설을 했지만, 딱 한 가지 지적하고 싶은 점이 있소. 필킹턴 씨는 내내 이곳을 '동물 농장'이라고 언급했는데, '동물 농장'이라는 명칭은 폐지되었소이다. 물론 모를 수밖에 없소. 오늘 이 자리에서 처음으로 발표한 것이니 말이오. 향후 농장은 '메이너 농장'으로 알려질 것입니다. 그게 올바르고, 또 원래 이름이기도 하니까 말이오."

나폴레옹이 말을 이었다.

"신사 여러분. 나는 앞서 했던 것과 같은 건배를 제의하려고 하오. 하지만 이번엔 명칭은 다르오. 술잔을 가득 채워주시오. 신사 여러분, 이게 내 건배사요. 메이너 농장의 번영을 위하여!"

아까와 같은 열렬한 환호가 있었고, 다들 한 방울도 남기지 않고 술잔을 비웠다. 하지만 이 장면을 밖에서 엿보는 동물들은 뭔가 이상한 일이 벌어지고 있다고 생각했다. 돼지들의 얼굴이 변하고 있는데 대체 무슨 일일까? 클로버의 침침한 노안은 이리저리 돼지들의 얼굴을 살폈다. 어떤 돼지는 턱이 다섯 개, 또 다른 돼지는 네 개, 세 개였다. 하지만 클로버의 눈엔 돼지들의 얼굴이 녹아서 바뀌어버린 것이 전혀 돼지처럼 보이지 않았다. 그렇다면 저건 무엇일까? 박수가 끝나고 식당 일행은 다시 카드를 들고 중단됐던 게임을 계속했다. 동물들은 조용히 그곳에서 빠져 나왔다.

하지만 20야드도 가지 않아서 그들은 발걸음을 멈췄다. 본 채에서 소란스러운 소리가 났기 때문이었다. 그들은 황급히 돌아가 다시 창을 들여다보았다. 거기에선 한창 격렬한 말다툼이 진행 중이었다. 그들은 소리를 지르고, 탁자를 두드리고, 날카로운 의심의 눈길을 보내고, 격렬하게 상대방을 거부했다. 이런 문제가 생긴 건 나폴레옹과 필킹턴 씨가 동시에 스페이드의 에이스 패를 내놓았기 때문인 것 같았다.

분노에 찬 열두 목소리가 고함을 치고 있었고, 그들은 전부 비슷했다. 이젠 돼지들의 얼굴에 무슨 일이 벌어졌는지 분명히 알 수 있었다. 창문 밖의 동물들은 돼지를 보고 인간을, 그 다음에 인간을 보고 돼지를, 그리고 돼지를 보고 인간을 보았다. 하지만 이미 그 둘을 서로 구분하는 건 불가능했다.

오웰의 삶과《동물 농장》

　나는 오웰의《동물 농장》을 대학교 2학년 때 처음 읽은 이래 대학시절에 읽은 대표적 작품으로 기억해 오고 있다. 처음으로 시작부터 끝까지 통독한 영어 원서였기 때문이다. 세 해 전에는 대학 동문들의 독서회에서 이 책에 대한 강연자로 나서면서 오랜만에 다시 읽었고, 연전에는 오웰의 수필들을 번역하면서 참고하기 위해 다시 읽는 등 지금까지 다섯 번 정도 통독했다. 그런데 이제 번역을 위해 여섯 번째로 읽게 되니 참으로 감회가 새롭다. 명작은 읽기를 거듭할수록 많은 생각을 일으킨다고 하는데, 역자로서는 대학 시절, 군대 시절, 회사원 시절, 그리고 최근에는 친구들과 이 책을 토론하던 독서회 시간 등이 생각나면서 그냥 소설이 아니라 마치 오래 두고 사귄 친구 같은 느낌마저 든다. 이제 이 책을 읽으며 갖게 된 많은 생각을, 작가의 생애, 작품의 배경, 작품 해설 순으로 설명해볼까 한다.

작가에 대하여

조지 오웰(George Orwell 1903~1950)은 당시 영국의 식민지였던 인도 벵갈의 모타하리에서 태어났다. 아버지는 인도 식민지 정부의 공무원으로 있다가 그 후에 농장을 운영했으나 가정 형편은 그리 부유한 편은 아니었다. 오웰은 어린 나이에 영국으로 돌아와 세인트 사이프리언 예비 학교와 이튼 공립학교를 다녔다. 사이프리언 예비학교의 경험을 적은 그의 수필 '이런, 이런 즐거움'에 보면, 오웰은 가난한데다 그 가난을 끝없이 지적당한 불우한 소년으로 묘사되어 있다. 이런 성장 과정 때문에 그는 일찍부터 사회적 약자에 대하여 관심을 갖게 되었다. 대학 또한 장학금을 얻어야만 갈 수 있었으나 이튼 시절에 학업을 게을리 하여 그것이 여의치 않자 인도 식민지의 영국 경찰 징에 시원하여 합격했다. 당시 이튼 졸업생으로 경찰에 지원한 사람은 오웰이 유일했다.

오웰은 당시 버마(오늘날의 미얀마)에 파견되어 5년 동안 경찰관으로 근무했다. 이 때의 경험은 《버마 시절》이라는 첫 번째 장편소설에 잘 묘사되어 있고 특히 수필 《코끼리를 쏘다》는 영국의 식민 통치가 불합리하다는 것을 통렬하게 고발한 글이다. 이 수필에서 오웰은 잠시 발정하여 광포하게 행동하는 불쌍한 코끼리를 경찰관 체면 때문에 어쩔 수 없이 쏘아 죽인 일을 묘사하면서, 영국이 제국의 체면 때문에 식민지를 계속 유지하려고 하는 것은 결국 코끼리 쏘기 같은 잔인하고 무의미한 일이라는 것이었다.

그는 대영제국의 앞잡이나 다름없는 경찰관 생활에 흥미를 잃게 되어 5년 만에 사직했다. 영국으로 다시 돌아와서는 작가가 되기로 결심하고 더 이상 취직은 하지 않은 채 문필 생활을 시작했다. 작가의 체험을 더 쌓기 위해 런던과 파리에서 식당 종업원이나 청소부, 가정교사, 서점 점원 등 임시직 생활을 하면서 틈틈이 글 쓰는 훈련을 했다. 파리 시절 열악한 환경에서 거친 노동을 한 탓에 폐결핵을 앓고서 현지의 극빈자 병원에 입원했다가 퇴원했다. 이 때의 병력으로 인해 청년기 이후에는 늘 건강이 좋지 못했다.

1933년에는 파리와 런던에서의 하층민 생활을 기록한 논픽션 《파리와 런던에서의 밑바닥 생활》을 발표했다. 이 책을 발간할 때 처음으로 에릭 아더 블레어(Eric Arthur Blair)라는 본명 대신에 조지 오웰이라는 필명을 썼다. 이 필명 중 조지는 그가 존경한 소설가 조지 기싱(George Gissing)에서 따왔고, 오웰은 잉글랜드 서퍽 카운티(Suffolk County)의 작은 강 혹은 케임브리지셔(Cambridgeshire)의 작은 마을 이름에서 가져온 것이다. 그러나 평론가 로렌스 브랜더는 오웰이 자신의 본명이 스코틀랜드 출신임을 보여주는 것이어서 싫어했다고 말했다. 예비학교 시절 부자 동급생에게서 그의 부자 아버지가 스코틀랜드에 사슴 사냥터를 가지고 있다는 얘기를 듣고서 그때 이후 스코틀랜드에 반감을 느끼게 되었다. 또한 개명을 통해 열등의식이 가득했던 어린 시절로부터 탈피하고 싶은 마음도 있었다고 한다.

1936년 헌책방에서 임시 직원으로 일하던 오웰은 하숙집 주인의 소개로 만나게 된, 세 살 아래의 에일린 오쇼니시(Eileen O'Shaughnessy)와 결혼했는데 그녀는 남편에게 헌신적인 여성이었다. 오웰은 한 평생 자신을 사회주의자라고 생각했다. 사회주의자라고 하면 보통 공산주의자를 연상하게 되는데 오웰은 노동자 계급이 평등한 대우를 받으며 살 수 있는 세상을 꿈꾸었을 뿐 공산주의자는 아니었다. 오히려 《동물 농장》 전편을 통해서 볼 수 있듯이 강력한 공산주의 비판자였다. 오웰은 또한 늘 정권 편을 들어온 종교에 대해서도 반감을 표시한다. 이것은 《농불 농장》의 제2장에 나오는 길들인 까마귀 모지즈(교회의 성직자)를 묘사할 때, 일을 안 하고 놀고먹는 자, 구름 위 저 하늘 높은 곳에 〈슈가캔디 마운틴〉이 있다고 동물들을 현혹하는 자로 묘사하는 데서 엿볼 수 있다.

1936년 7월에 스페인 내전이 발생했다. 이 전쟁은 총선에서 좌익의 인민전선 정부가 집권하게 되자 프랑코 장군을 주축으로 한 우익의 군부 및 파시스트 세력이 인민전선 정부에 대항하여 쿠데타를 일으킨 사건이다. 프랑코 반란군은 보수주의자, 파시스트 이탈리아, 나치 독일의 지원을 받았으며, 공화파는 유럽 각국과 미국에서 온 대규모 지원병 부대인 국제여단과 소련의 지원을 받았다.

1936년 7월 내란을 일으킨 파시스트들은 11월 마드리드 외곽까지 진격했고 1937년 여름에는 바스크 북부 지방, 그 다음에는 아스투리아스 지방을 점령했다. 이후 파시스트들은 1939년 3월 28일 모든 공화파 부대들을 격파하여 해산시키고 마드리드에 입성함으로써 스페인 내란에서 승리했다. 스페인 내란에 참여한 유럽 열강은 자국의 관점에서 그 사건을 전체주의와 민주주의, 파시즘과 자유주의 사이의 국제적 갈등으로 보았는데, 이 내란은 제2차 세계대전의 전조가 되었고 오웰이 공산주의에 대하여 환멸을 느끼는 결정적 계기가 되었다.

1936년 12월, 오웰은 스페인으로 건너가서 트로츠키 파 무정부주의자 단체인 포움(POUM : Partido Obrero de Unificacion Marxista 연합 마르크스 노동당)에 가입하여 전선에 투입되었고 아내 에일린은 다음 해인 2월에 뒤따라와서 바르셀로나의 독립 노동당 사무실에서 근무했다. 오웰은 꿋꿋하게 전쟁의 고초를 견디었으나 1937년 5월 파시스트 저격수가 쏜 총에 목을 맞았다. 한 달 정도 지나 상처에서 회복되자 그는 전선으로 다시 돌아가기를 원했다. 이때 얻은 상처의 후유증으로 낮게 깔리는 단조로운 목소리로 말하게 되었다.

그 해 6월 중순, 스탈린의 트로츠키 파 숙청이 한창이던 시절에, 포움이 갑자기 소련 공산당에 의해 불법 기관으로 선언되었고, 오웰 부부는 공산당 경찰에 의하여 뒷조사 당하고 쫓기는 몸이 되었다. 부부는 1937년 6월 23일 스페인-프랑스 국경을 넘어 간신히 안전한 곳으로 대피했다. 이러한 경위는 오웰의 《카탈로니아 찬가》에 자세히 기술되어 있다. 오웰은 스탈린의 하수인들이 대숙청의 일환으로 포움의 아나키스트 지도자들을 무자비하게 탄압하는 것을 보고서, 그때부터 스탈린과 소련 공산당 체제에 강한 의구심을 갖게 되었고 공산주의의 독재적 방식에 대하여 점점 환멸을 느꼈다. 특히 파시스트(나치 독일) 타도를 목청 높여 외쳐대던 소련이 1939년 독일과 불가침 조약을 맺는 것을 보고서 소련 공산당은 원칙이 없는 기회주의적 조직이라고 확신하게 되었다.

1937년 골란즈가 운영하는 〈레프트 북 클럽〉 출판사에서, 영국 북부 지방의 실업자와 프롤레타리아들의 생활을 취재한 《위건 부두로 가는 길》을 출판했고 이어 《카탈로니아 찬가》를 펴냈다. 이런 책들을 펴내는 동안 오웰은 거의 무명에 가까운 작가였으며, 생활비를 벌기 위해 신문, 잡지에 주로 시사적이고 정치적인 에세이를 쓰고 또 신간 서적들에 대한 서평 기사를 썼다. 이후 오웰은 1945년까지 〈트리뷴〉 지의 문학 담당 편집자로 일했으며 같은 해 초에는 〈옵저버〉 지의 유럽 특파원에 임명되어 유럽 여행에 나서게 되었다.

1945년 봄에 아내 에일린이 자궁암 수술을 받다가 사망했다. 에일린은 전쟁 중에도 건강이 좋지 않았다. 오웰 부부는 전쟁 중에 배급 받은 식량의 상당 부분을 남들에게 양보했었는데, 전쟁 스트레스와 남동생 로렌스 오쇼니시의 던커크 전투에서의 사망 그리고 영양 부족 등이 겹쳐서 에일린의 건강이 점점 나빠졌고 전후에는 더 악화되었다. 자신이 자궁암에 걸린 것을 알고 있던 에일린은 자신이 곧 죽을지 모른다는 예감을 갖고 있었으면서도 유럽으로 떠나는 오웰에게 그 사실을 말하지 않았다. 아이가 없는 오웰 부부는 그 전에 어린 리처드의 입양을 추진 중이었는데 그 일과, 남편의 유럽 특파원 파견에 방해가 되고 싶지 않았던 것이다. 에일린은 남편이 없는 중에 수술을 받으려고 입원했다가 마취제가 투입되는 순간 곧바로 절명했다. 오웰은 아내가 사망하자 특파원을 사직하고 곧바로 귀국했다. 에일린의 친구들은 오웰이 아내를 제대로 돌보지 않았다고 비난했으나 다른 친구들은 오웰이 아내한테만 그런 것이 아니라 그 자신도 전혀 돌보지 않은 사람이라고 말했다. 오웰은 아내의 사망에도 불구하고 어린 리처드를 계획대로 입양하여 키우면서 창작에 몰두했다.

《동물 농장》은 1944년 2월에 탈고한 후 출판사를 찾지 못해 18개월이나 빛을 보지 못하다가 마침내 워버그 출판사에서 1945년 8월에 발간되었다. 이를 계기로 워버그 출판사는 오웰의 전작을 출판하는 행운을 잡았다. 1945년 2차 대전이 끝나고 미·소 간에 냉전이 시작되면서 《동물 농장》은 폭발적 인기를 누리게 되었다. 1949년에는 최후의 장편소설이 되는 《1984》를 펴내서 엄청난 인세 수입을 갖게 되었으나, 오웰은 폐결핵이 심하게 진행되어 병마에 시달리게 되었다. 이때 워버그 출판사는 창작기의 절정에 오른 작가가 건강이 회복되어 장편을 몇 편 더 써주기를 바라는 마음에서 소니아 브라운웰과의 결혼을 주선했다. 그리하여 1949년 병석에서 소니아와 결혼을 했으나 회복하지 못하고 그 다음 해인 1950년에 사망했다. 미망인 소니아는 후에 오웰의 산문을 모두 모아서 전 4권으로 된 《오웰 산문 전집》을 펴냈다.

작품의 배경에 대하여

러시아 혁명으로부터 1943년의 테헤란 3자 회담에 이르는 약 26년간의 세월이 《동물 농장》의 시대적 배경이다. 이 작품은 그 기간에 러시아에서 벌어진 일들을 동물의 우화 형식을 빌어서 풍자하는 정치 알레고리이다. 작품의 폭넓은 이해를 위하여 이 기간 중 러시아에서 무슨 일이 벌어졌는지 간략히 요약하면 다음과 같다.

1917년 10월 러시아에서 혁명가 레닌이 임시 정부를 전복하고 볼셰비키 독재정권을 세울 수 있었던 것은, 그 해 4월에 레닌이 독일 당국의 도움으로 봉인된 비밀 열차를 타고 귀국할 수 있었기 때문이다. 레닌은 이 때부터 "전쟁(1차 대전)을 끝낸다" "모든 땅은 농민에게" "모든 권력을 소비에트에게"라는 볼셰비키 혁명을 주도하여 마침내 권력을 틀어쥐게 된다. 레닌은 1918년 3월 독일과 브레스트-리토브스크 조약을 맺어 에스토니아, 라트비아, 리투아니아, 우크라이나 등 여러 땅을 독일에게 할양한다. 그렇게 하여 1차 대전에서 탈퇴한 볼셰비키 정부는 이제 내전에 직면한다. 공산주의 혁명에 반대하는 백계 러시아 인들이 들고 일어나자 이들을 진압하기 위해 내전을 치렀고 이 때 전쟁 장관 트로츠키가 붉은 군대를 잘 조직하여 반군 세력을 진압했다.

레닌은 완벽한 사회주의를 주장하며 모든 경제 부문을 국유화하여 한 손에 틀어쥐었으나, 기존의 자산가와 부농들의 반발에 직면하여 사회주의에서 한 걸음 후퇴하여 1921년 신경제정

책을 추진한다. 그리고 1922년에는 독일이 소련을 처음으로 국가로 인정하는 라팔로 조약을 맺었다. 1924년 초 레닌이 뇌졸중으로 사망하자, 레프 카메네프, 이오시프 스탈린, 그리고리 지노비에프 세 명이 볼셰비키 정부를 운영하게 되었다. 그리고 곧 트로츠키와 스탈린 사이에 권력 갈등이 벌어진다. 트로츠키는 세계 혁명론을 내세우는 반면, 스탈린은 일국 사회주의를 주장하며 점진적인 공산화를 내세웠다. 세 명 중 두 사람은 처음에는 스탈린을 지지했다. 스탈린은 이미 레닌 사망 이전에도 공산당 조직을 장악하고 있어서 많은 지지 세력을 당내에 확보하고 있었다. 1926년 스탈린 이외의 두 거두가 스탈린의 독재화를 경계하여 트로츠키를 지지하려 했으나 때는 이미 늦었다. 1925년 트로츠키는 전쟁 장관에서 해임되고, 이어 1928년에는 카자흐스탄의 알마아티로 망명을 떠났다. 그 다음 해에는 국외 추방이 되었는데, 그 후 터키, 프랑스, 노르웨이, 멕시코 등을 전전하다가 1940년 8월 멕시코시티 교외의 자택에서 스탈린이 보낸 자객의 칼에 맞아 사망했다.

레닌 치하에서 수립되었던 신경제정책은 스탈린 치하에서는 경제5개년 계획(1928-1932)으로 대체되었다. 이 경제계획은 부농들의 재산을 빼앗아 그 부를 산업화에 투자하고 또 모든 농장을 국영화한다는 것이 골자였다. 산업화 정책은 당초 트로츠키가 제안한 것이었으나, 권력을 장악한 스탈린은 그것이 처음부터 자신이 주도한 경제 정책이었다고 역사를 날조했다. 이 정책으로 자신들의 재산을 빼앗기게 된 부농들은 당연히 저항했고, 스탈린은 무자비한 숙청 작업을 진행하여 이 때에 약 5백만 농민 가구가 재산을 몰수당하거나 시베리아로 강제 유형을 떠났다. 스탈린은 이때 "사람이 한 명 죽으면 비극이지만 백만 명이 죽으면 그건 통계가 된다"고 말했다. 이런 무자비한 밀어붙이기로 1930년대 말에 이르러 모든 농장은 집단 농장으로 바뀌었다. 스탈린은 이 기간 동안 반대세력의 저항은 국외로 망명한 트로츠키의 음모와 사주에 의한 것이라고 일관되게 사실을 날조하여 선전했다.

정적에 대한 스탈린의 의심은 거의 편집증 수준이 되었고 그리하여 1936-1938년 사이에는 피의 숙청이 벌어져서 이 기간에 부하린, 리코프 등의 당 고위 간부와 야고다, 예조프 등 비밀경찰의 총수가 숙청되었다. 1939년에 이르러 스탈린 독재 체제가 완벽하게 수립되어 스탈린을 정점으로 하는 공산당 간부들은 특권층으로 부상했다. 이 특권층은 결국 인민을 기만하고 억압해야만 존재할 수 있는 계급으로서, 그것은 혁명이 완성되면 특권층의 대변자인 국가 조직은 저절로 소멸한다는 공산주의 이론과는 정반대의 길로 가는 것이었다. 1939년 8월, 소련은 과거 독일에게 브레스트-리토브스크 조약으로 내주었던 여러 땅의 수복을 시도한다. 이미 프랑스와 서유럽 전역을 정복한 히

틀러는 스탈린의 이런 요구를 못마땅하게 여겨 1941년 6월 소련을 침공한다. 소련은 개전 초기에 엄청난 규모의 패배를 겪었다. 이는 1930년대 후반에 소련의 붉은 군대와 당의 인재들을 무자비하게 숙청한 후유증이기도 했다. 그러나 일본이 북방 정책을 포기하고 남방 정책을 펴면서 중국, 싱가포르, 동남아 공격에 나서자, 일본의 침략을 막기 위해 시베리아에 주둔 중이던 붉은 군대 50개 사단을 서쪽으로 투입하면서 반격에 나설 수 있게 되었다. 1943년 2월 스탈린그라드(현재의 볼고그라드) 포위 작전을 펴던 파울루스 장군 휘하의 독일 제6군의 보급로를 철저하게 끊어 독일군 30만 병력을 항복시켰는데 이는 전세가 역전되는 전환점이 되었다. 전쟁이 영·미와 소련 연합군의 승리로 굳어지는 가운데 1943년 11월에 테헤란에서 스탈린, 루스벨트 그리고 처칠의 3자 회담이 개최되었다.

이러한 역사적 상황이 《동물 농장》과 맞물리는 관계는 다음과 같다.

제1장에서 늙은 메이저가 동물들을 모아놓고 동물주의(공산주의)에 관한 연설을 하는데, 메이저는 마르크스 레닌을 빗내어 만한 것이나. 그의 연설은 마르크스 엥겔스의 공산당 선언을 연상시킨다. 동물들이 모여서 비밀회의를 하다가 존스 씨(제정 러시아의 마지막 황제 니콜라이 2세)가 쏜 6연발 엽총에 놀라 달아나는 장면은 1905년의 러시아 노동자 궐기 대회를 연상시킨다.

제2장에서 동물들이 얼떨결에 반란에 성공한 것은 독일이 러시아의 대전 탈퇴를 유도하기 위해 레닌을 밀봉 열차에 태워 러시아에 귀국시킨 것, 즉 외부의 힘에 의해 반란이 성공한 것에 빗대고 있다.

제3장에서 스노볼과 나폴레옹의 갈등이 나오는데 이는 스탈린과 트로츠키의 권력 갈등을 빗댄 것이다. 공산주의는 능력만큼 일하고, 필요만큼 가져간다고 주장했으나, 신선한 우유와 사과를 돼지들이 모조리 차지하면서 그런 교리가 헛된 거짓말에 불과하다는 것이 밝혀진다.

제4장에서는 폭스우드 농장과 핀치필드 농장의 얘기가 나온다. 이중 프레데릭 씨의 농장은 독일을, 필킹턴 씨의 농장은 영국과 프랑스를 가리킨다. 존스 씨는 이들의 도움으로 농장을 되찾으려 한다. 이것은 백계 러시아인들이 일으킨 내전을 상징한다. 이때 혁혁한 전공을 올리는 스노볼은 붉은 군대를 지휘하여 반란군을 진압한 트로츠키가 그 모델이다.

제5장에서는 하얀 암말 몰리가 농장에서 사라지는데, 이는 내전에서 패배한 백계 러시아인들이 파리로 망명한 상황을 빗댄 것이다. 나폴레옹은 국방을 강화해야 한다면서 일국 사회주의를 주장하나, 스노볼은 전 세계가 동물의 지배 아래 들어가면 국방은 전혀 필요 없게 된다면서 세계 혁명을 주장한다. 역시 소개되는 풍차는 소련이 혁명 후에 시도한 산업화 정책을

가리킨다. 이 정책은 원래 트로츠키가 제안한 것이었으나 스탈린이 신경제 계획으로 이어나갔다. 이 장에서 스노볼과 나폴레옹의 권력투쟁은 절정에 이르러 스노볼은 아홉 마리의 개들(비밀경찰)에게 쫓겨서 해외 망명을 떠난다.

여기서 나폴레옹과 스노볼이라는 이름을 한번 생각해 보자. E.H.카는 저서 《역사란 무엇인가》에서, 러시아 혁명의 지도자들은 그들의 혁명이 프랑스 혁명처럼 실패로 돌아가는 일이 없도록 하기 위해, 레닌 사후에 보나파르트 나폴레옹을 가장 닮은 트로츠키를 경원시하고, 그런 점이 가장 덜한 스탈린을 밀어주어 그가 권력을 잡게 되었다고 말한다. 위에서 레프 카메네프, 스탈린, 그리고리 지노비에프의 세 지도자 중 스탈린을 제외한 두 사람이 처음에는 스탈린을 지지했다고 말했는데 바로 그 상황을 말하는 것이다. 그러나 역설적이게도 스탈린은 나폴레옹 황제보다 더 지독한 독재자가 되었다. 반면에 스노볼은 눈이 오면 아이들이 눈을 굴려서 만든 눈사람을 뜻한다. 또한 스노볼은 트로츠키의 하얀 머리카락과 턱수염을 생각나게 하는데, 스탈린의 권력에 맞서 싸우다가 결국에는 추방당하고 암살되었으니, 따가운 햇볕(권력)아래 눈사람이 일거에 녹아버려 물이 되어 버린 것이다.

제6장에서 풍차 건설이 강풍에 무너져 버린 것은 쿨라크 등 산업화에 반대하는 세력에 의해 제동이 걸린 것을 빗댄 것이

다. 풍차를 세우는 과정에서 엄청나게 노력하는 짐마차 말인 복서는 알렉세이 스타하노프라는 생산성 높은 탄광 노동자를 모델로 삼은 것이다.

제7장에서 나폴레옹은 스노볼의 풍차 계획이 원래 자신의 것이었다고 역사를 날조하고 또 스노볼이 이웃 농장들과 결탁한 배신자라고 비난한다. 이 배신자의 추종 세력이 동물 농장 내에 스며들어 있다고 하면서, 일요일 회의 폐지에 반대한 돼지들과 달걀 공급을 거부한 암탉들을 무자비하게 살해한다. 실제로 스탈린도 1930년대에 반대파를 무자비하게 숙청했고 또 자신의 우상화 작업을 철저하게 밀어붙였다.

제8장에서 핀치필드의 프레데릭이 자기 농장의 동물들을 학대한다고 말한 것은 나치 독일의 유대인 체포, 구금, 살해 등을 빗대어 말한 것이다. 동물 농장의 나폴레옹은 이웃 농장과는 절대로 거래하지 않겠다고 선언했음에도 불구하고 어느 날 밤 풍차가 바람에 쓰러져버리자, 건설비용이 필요하다며 이웃 프레데릭 농장과 거래를 트고 동물농장의 목재를 그에게 팔기로 한다. 이것은 소련이 독일과 맺은 라팔로 조약과 독·소 불가침 조약을 빗댄 것이다. 프레데릭은 약속어음으로 대금을 지불하려고 하자 현금으로 가져오라고 한 것은 브레스트-리토브스크 조약 때 할양한 땅을 돌려달라고 요구하는 상황을 가리킨다. 그러나 프레데릭이 가져온 목재 대금이 위조지폐인 것이

드러나고(할양한 땅의 반환을 거부하고 독·소 불가침 조약을 위반한 것) 이어 프레데릭이 동물농장을 쳐들어와 풍차를 파괴하지만 동물들은 그에 격분하여 프레데릭을 풍차 전투(스탈린그라드 전투)에서 물리친다.

제9장은 돼지와 개들이 다른 동물과 다르게 특권층이 되어가는 과정을 다루고 있다. 그 특권층 지위는 돼지 이외의 다른 동물들을 속임으로써 유지가 된다. 특히 농장의 일에 헌신적이었던 복서가 나이 들어 부상당해 쓸모가 없게 되자, 실제로는 도축장에 보내고서 겉으로는 치료를 위해 병원에 보냈다고 거짓말 하는 것이 대표적인 사례이다.

제10장은 나폴레옹의 우상화 작업이 완성되어, 나폴레옹이 영미권을 대표하는 필킹턴 씨와 회담(테헤란 회담)을 가지는 것으로 끝난다. 이 회담은 카드 게임에 비유되어 있는데, 작품의 끝부분에서 나폴레옹과 필킹턴은 이 때에도 흥정의 으뜸패인 스페이드 에이스를 동시에 내면서 서로 속이는 흥정의 게임을 벌이고 있는 것으로 1945년 종전 이후의 냉전 시대를 예고하고 있다.

작품에 대하여

조지 오웰은 1930년대에 네 편의 장편소설을 썼다. 처녀작 《버마 시절》은 대영제국의 식민지인 버마 현지에서 목재 관리 자로 15년 동안 일해온 존 플로리의 이야기이고, 두 번째 《목사의 딸》은 주인공 도로시 헤어의 좌충우돌 모험담이다. 세 번째 《엽란을 계속 날려라》는 주인공 고든 콤스톡의 문학적 야망, 재정적 궁핍함, 로즈메리와의 갑작스러운 결혼을 다룬 소설이며, 네 번째 《숨 쉬러 올라오다》는 보험회사 직원인 조지 볼링이 교외 생활자의 좌절감과 1914년 이전의 조지언 시대에 대한 향수를 토로하는 작품이다.

오웰이 쓴 네 편의 장편 소설은 평론가들로부터 악평을 받았다. 영국의 평론가 Q.D.리비스(Leavis)는 오웰이 소설가가 되려고 네 편의 장편 소설을 써냈으나 소설가의 자질은 별로 없는듯하다고 지적했다. 또 다른 평론가 조지 우드콕(George Woodcock)은 오웰이 창조한 인물은 전혀 캐릭터의 깊이를 갖추고 있지 못하다고 지적했다. 이러한 혹평을 받은 이유는 오웰이 자신의 체험과 소설 속의 사건을 잘 구분하지 못하고, 작가의 실화를 기계적으로 극중 인물의 사건으로 살짝 바꾸어 놓았기 때문이다. 그러나 이런 여러 번의 실패를 거친 끝에 그는 자신이 그 동안 정치 평론을 써온 경험을 바탕으로 당대의 정치 상황에 대한 우화 소설을 써보겠다고 마음먹게 되었다.《동물 농장》을 쓰게 된 배경에는 그가 평소에 조나단 스위프트의《걸리버 이야기》를 좋아했고, 또 스위프트 소설 중에 나오는 마인국(馬人國) 이야기에 깊은 관심을 갖고 있었기 때문이다. 실제로 말은《동물 농장》에서 복서라는 아주 멋진 캐릭터로 등장하고 있다.

창작의 문학적 소재는 1936년 스페인 내전에 가담했을 때 소련 공산당 독재의 진상을 알게 되어 가짜 사회주의인 소련 공산주의의 환상과 신화를 폭로하는 쪽에서 찾기로 되었다. 그러나 폭로의 구체적 스토리가 좀처럼 잘 구상이 되지 않았다. 그러던 어느 날, 작은 마을에서 살고 있던 오웰은 열 살 정도의 어린 소년이 커다란 말을 몰아서 작은 길을 지나가는 광경을 보게 되었다. 그 소년은 말이 고집을 부리거나 말을 제대로 듣지 않으면 가혹하게 채찍질을 하면서 몰고 갔다. 그 순간 오웰은 이런 생각을 했다고 한다.

"저런 동물들이 자신의 힘을 제대로 인지한다면 우리 인간은 저들을 부릴 수 없을 것이다. 인간이 동물을 착취하는 방식은, 부사가 프롤레타리아를 착취하는 방식과 똑 같구나."

이렇게 하여 오웰은 동물의 관점에서 마르크스 레닌의 이론을 분석하기 시작했는데, 그 관점에서 보면 인간들 사이의 계급투쟁은 환상에 불과한 것이었다. 왜냐하면 동물을 착취하려고 할 때, 인간들은 계급투쟁 따위는 싹 잊어버리고 일치단결하여 동물을 억압하기 때문이다. 따라서 동물들의 관점에서 볼 때, 진정한 문제는 인간 대 동물의 대결일 수밖에 없다. 일단 이렇게 생각하니까 관련 스토리가 술술 풀려나갔다.

그러면서 오웰은 독자가 다음 두 가지 사항을 유념해주기를 바란다고 말했다.

첫째, 작품 속의 여러 가지 에피소드들이 러시아 혁명의 실제 역사에서 가져온 것들이기는 하지만 이야기의 일관성을 위하여 어떤 사건들은 약간 수정을 가했고 또 연대도 앞뒤가 바뀌기도 했다.

둘째, 소설의 결말에서 인간과 동물이 화해하는 것 같은 인상을 받을 수도 있는데, 그런 인상을 갖기 말기 바란다고 했다.

이런 인상은 작품을 집필한 당시에 개최된 테헤란 회담의 영향도 있을 것이다. 당시 나치 독일을 타도하기 위해 서방과 소련이 연합하고 있었으므로, 앞으로도 좋은 관계를 유지할 것이라는 희망을 당시 사람들이 많이 갖고 있었다. 그러나 오웰은 내심 그런 관계가 오래 가지 않을 것이라고 보았다. 그래서 오웰은 그런 점을 좀 더 작품 속에서 강조하지 못한 것이 아쉽다고 말했다. 결국 1945년 이후의 미·소 냉전 시대는 오웰의 예측이 맞았음을 보여주었다(이상 조지 오웰의 《동물 농장》 우크라이나 번역판의 저자 서문에서 인용).

위에서 《동물 농장》을 가리켜 정치적 알레고리라고 했는데, 알레고리는 서로 잘 조합이 되지 않을 법한 것들을 교묘하게 연결시켜서 작가의 주장을 더욱 선명하게 각인시키는 서술 기법이다. 가령 《걸리버 여행기》 중에 잡인국(雜人國)에서 나오는, 공중에 떠 있는 환상의 섬 라푸타라든가, 마인국 중의 휘흐늠, 즉 인간보다 더 뛰어난 절제 능력과 이성을 가진 동물인 말들의 얘기는 언어 대 사물 혹은 인간 대 동물이라는 서로 다른 것이 교묘하게 잘 연결되어 독특한 의미를 만들어내는 알레고리로 작용하고 있다. 그러나 정치적 알레고리는 실제로 벌어진 사건과 작품 내용을 억지로 일치시키거나 무리하게 연결시키려고 하다가 이야기의 전개가 작위적으로 흐르기도 하고, 역사적 사건을 너무 의식하며 써나가다가 작품 속 이야기의 문학적 감동이 떨어질 수도 있다.

하지만 《동물 농장》은 이런 두 가지 함정을 잘 피해나간다. 러시아 혁명과 동물들의 반란이 서로 잘 연결되기도 하지만, 설령 우리가 러시아 혁명과 그 후의 전개 상황을 잘 모른다고 해도, 이야기 자체가 흥미진진하고 읽기 좋기 때문이다. 특히 제9장에서 묘사된 충실한 노동자 복서의 죽음 장면은 우리에게 깊은 연민과 공포를 일으킨다. 복서와 클로버(소설에서 이 두 말이 부부라는 얘기는 명시적으로 나오지 않으나 여러 정황으로 보아 부부일 것으로 판단된다)의 이야기는 나폴레옹과 스노볼의 대결이라는 메인 스토리에 서브 스토리로 대응할 뿐만 아니라, 이 소설이 단지 러시아 혁명과 동물농장의 일대일 대응관계로만 끝나지 않게 하여 스토리에 입체성을 제공한다.

독자는 나폴레옹을 미워하는 가운데, 복서와 클로버를 자신과 동일시하면서 평범한 부부가 어떻게 권력의 압박을 견디다가 이 세상을 떠나게 되는지 관찰하게 된다. 제7장에서 나폴레옹의 동물 학살이 벌어지고 나서 작은 언덕으로 올라간 동물들은 아름다운 농장 풍경을 바라보며, 왜 이렇게 아름다운 세상에 학살이 벌어지는지를 이해하지 못한다. 클로버는 그런 생각을 말로 잘 표현하지 못하자, '잉글랜드의 동물들'이라는 노래로 자신의 감정을 대신 표현한다. 아무리 힘들고 어려운 세상이라도 가슴 속에 지닌 작은 꿈과 희망이 그 세상을 버티게 해주는 힘이라는 것이다. 한평생 열심히 일하다가 은퇴 직전에 부상당해 삶을 마감하는 복서는 어려운 세상을 꿋꿋이 견디는 평범한 가장들의 모습 바로 그것이다. 사실 인간 사회를 지탱하는 것은 이런 보통 사람들이지 가짜 혁명가들이 아니다. 실패한 혁명은 이런 보통 사람들을 잠시 동안은 속일 수 있을지는 모르나 영원히 속이지는 못한다는 것이다.

훌륭한 작품은 있는 그대로 읽어도 재미있지만 거기에 독자가 상상력을 발휘하여 그 안의 숨겨진 그림을 엿보거나 혹은 색다른 의미를 찾아낼 때 더욱 의미심장한 읽기가 된다. 가령

이 소설의 맨 첫 문장은 이러하다.

"메이너 농장의 존스 씨는 그날 밤 닭장을 잠그긴 했지만, 너무 취하는 바람에 닭들이 드나드는 조그마한 구멍들을 막아버리는 것을 깜빡 잊어버렸다."

위에서 이미 말했듯이 존스 씨는 러시아 제국의 무능력한(술취한) 니콜라이 2세 황제를 가리킨다. 닭장의 대문을 잠그긴 했는데, 너무 취해 작은 구멍을 막지 못했다는 것은 무슨 뜻일까? 러시아 혁명이 벌어지기 전 니콜라이 2세는 스톨리핀이라는 재상 겸 내무장관을 임명하여 재정과 농업 부문의 개혁 작업을 추진하였고 러시아 경제는 서서히 회복되는 방향으로 나아가고 있었다. 특히 스톨리핀이 실시한 농지 개혁은 농민들의 불만을 상당히 해소시켰다. 이것을 망명지 스위스에서 지켜보던 혁명가 레닌은 스톨리핀이 재상 자리에 버티고 있는 한 혁명은 더 이상 성공하기 어려울 것 같다고 절망했다. 그러나 러시아의 다른 분야들 가령 정치, 군사, 문화, 복지, 교육 등에 대해서는 개혁이 지지부진하고 비밀경찰의 탄압은 여전했다. 게다가 스톨리핀의 정책에 반감을 품은 혁명적 테러리스트가 스톨리핀을 1911년에 암살하면서 개혁의 동력은 급격히 사라졌다. 오웰은 재정과 농업 부문을 닭장의 대문에다, 기타 분야에서의 낙후 상태를 작은 구멍이라고 비유적으로 묘사한 것이다. 나는 이 첫 문장을 읽을 때마다 니콜라이 2세 - 스톨리핀 - 레닌의

3인 드라마를 상상하게 된다. 훌륭한 작가는 열을 말하고자 하면 셋만 말하고 나머지 일곱은 독자가 상상하게 만든다고 하는데, 이 첫 문장은 그런 생략과 함축의 효과가 뛰어나다.

제9장에서 복서가 과로로 쓰러지기 직전에 이런 문장이 나온다.

"발굽이 나은 뒤 복서는 그 어느 때보다도 열심히 일했다. 때로는 부족하게 먹고 장시간 노동을 해야 하는 견디기 어려울 때도 있었지만, 복서는 절대 흔들리지 않았다. 그의 언행에서 전보다 힘이 없다고 느낄 만한 징후는 어디에서도 드러나지 않았다. 그저 겉모습만 조금 변했을 뿐이었다. 때로는 채석장 꼭대기로 올라가는 비탈에서 그가 거대한 바위의 무게를 견디려고 온 힘을 쓸 때면 오직 일을 계속하겠다는 의지 하나만으로 버티며 서 있는 것 같았다. 그럴 때 그의 입술은 '더 열심히 일할 거야'라고 말하는 듯했지만, 목소리는 나오지 않았다. 이젠 그의 열두 번째 생일이 머지않았다. 그는 연금 생활을 하기 전에 최대한 많은 돌들을 모아놓으려 했고 그 외의 다른 일은 전혀 신경 쓰지 않았다."

나는 이 문장을 읽을 때마다 로버트 프로스트의 시《눈 내리는 저녁 숲 가에 서서》를 생각하게 된다. 시인은 숲 가에 잠시 멈춰 서고, 그가 탄 작은 말은 무슨 일이 있어서 여기 이렇게 멈춰 선 것이냐고 묻는 듯이 목에 달린 종을 흔들어댄다. 눈이 내려서 깊고 아름답고 사랑스럽게 된 숲은 이제 말에서 내려 여기 이 숲 속으로 들어오라고 말한다. 시인은 비록 그 설경이 아름답기는 하지만 유혹되지 않는다. 그러면서 지켜야 할 약속이 있다며 잠들기 전 몇 마일을 더 가야 한다(miles to go before I sleep)고 중얼거린다. 복서라고 왜 쉬고 싶은 마음이 없겠으며, 자신의 노고로 얻게 될 휴식을 누리고 싶지 않았겠는가.

하지만 그는 자신의 편안함보다는 지켜야 할 약속을 위해(풍차 현장에 더 많은 돌을 가져다 놓기 위해) 거대한 바위의 무게를 있는 힘을 다해 견딘다. 그러면서 잘 나오지 않는 목소리로 "더 열심히 일할 거야"라고 말한다. 나는 이것이 복서가 걸어간 마지막 몇 마일이라고 생각한다. 복서는 폐에 문제가 생겨서 죽게 되는데, 오웰은 이 복서의 죽음 장면을 서술하면서 분명 자신의 젊은 시절, 파리의 극빈자 병원에 입원했던 일과 그 후에 폐병으로 여러 번 고생했던 일을 회상했을 것이다. 복서의 마지막 모습은 그 어떤 척박한 상황에서도 가정을 지키며 버텨온 평범한 가장의 모습을 연상시킨다.

이런 복합적 양상을 염두에 두면서 이 소설에서 비판하는 공산주의를 개관하고 이어 역사 속의 혁명과 인간성의 문제를 살펴보아야 한다.

마르크스와 엥겔스는 과학적 사회주의라는 이론을 고안하여 사유재산 없는 평등한 사회(작품 속 일곱 계명)가 가능하며 이것이 역사적 필연이라고 보았다. 이 공산주의는 1991년까지 러시아 땅에서 실천되었지만, 이론적 호소력은 있을지 모르나 실제로는 통하지 않는 탁상공론으로 판명되었다. 러시아처럼 다양한 삶의 전통이 없는 국가에서 공산주의가 도입되면 그것은 예전 정권의 나쁜 특성을 그대로 답습할 뿐이다(나폴레옹의 사람 흉내). 유연성을 갖추지 못한 공산국가는 사회주의 슬로건을 반복하면서 시민들과 그들의 재산에 대하여 국가의 무제한적 권리를 주장했다(돼지들이 사과와 우유를 자기들만이 먹고 또 농장 내에서 나는 모든 생산물을 독점한 것). 이렇게 하여 소비에트 전체주의는 차르 세습제의 토양에 심어진 또 다른 독재체제에 지나지 않았다(나폴레옹이 존스 씨의 침대에서 자고 인간 흉내를 내고 나중에 가서는 돼지와 인간을 서로 구분할 수 없게 되는 것). 사정이 이러했기 때문에 소련 공산당은 정권을 계속 잡으려면 폭력으로 통치할 수밖에 없었다(나폴레옹의 개들). 공산당은 소위 과학적이라는 자신의 사상이 잘못되었음을 받아들이지 않고 일이 잘 안 될 때는 철저히 밀어붙이지 않아서 그렇게 되었다고 생각하며 더 무자비하게 폭력을 자행하고 프로파간다를 강화했다(동물들의 학살과 일곱 계명을 멋대로 수정한 것).

일곱 계명의 수정 과정에는 교묘한 언어 조작이 동원된다. 오웰은 《1984》에서 "전쟁은 평화요, 자유는 굴종이며, 무지는 힘"이라는 언어의 조작이 시민들에게 진실로 받아들여지는 세

뇌의 과정을 서술하고 있다. 또한 《동물 농장》의 제2장에서도 스퀼러를 가리켜 "어떤 동물들은 스퀼러의 언변에 찬탄하면서 검은색도 흰색으로 바꿀 수 있다고 말했다"라고 서술한다. 이런 언어 조작이 가장 잘 드러나는 부분은 일곱 계명을 수정하여 그 뜻을 완전히 바꾸어 놓고서도 그 계명이 여전히 지켜지고 있는 것처럼 동물들을 기만하는 일련의 과정이다. 반란이 성공한 당시에 계명의 원래 문구는 이러했다.

1. 두 다리로 걷는 것은 적이다.
2. 네 다리로 걷거나 날개가 있는 것은 친구이다.
3. 어떤 동물도 옷을 입어선 안 된다.
4. 어떤 동물도 침대에서 자면 안 된다.
5. 어떤 동물도 술을 마시면 안 된다.
6. 어떤 동물도 다른 동물을 죽여선 안 된다.
7. 모든 동물은 평등하다.

그러나 나폴레옹은 언어를 조작함으로써 나머지 동물들을 속이고 또 그들에게 최면을 걸어 자신의 거짓말을 진실이라고 믿게 만든다. 가령 나폴레옹은 인간을 닮고 싶어서 두 발로 걸으려고 함으로서 첫 번째 계명을 위반한다. 존스 씨의 침대에서 자면서 네 번째 계명을 위반했으나, 침대에서 '이불을 덮고'

자지 않는다며 없던 말을 추가하여 그 행위를 정당화한다. 또 나폴레옹은 술을 마셔서 다섯 번째 계명을 위반했으나 동물은 '과도하게' 술을 마시지 않는다고 교묘한 말을 첨가해 넣는다. 그 후 나폴레옹은 이런 수정에 반발하는 동물들을 무자비하게 살해한다. 그러면서 여섯 번째 계명을 동물은 '이유 없이' 다른 동물을 죽이지 않는다고 수정한다. 또 일곱 번째 계명을 모든 동물은 평등하나 어떤 동물은 '더' 평등하다고 수정한다.

이러한 일련의 과정에서 우리는 오웰이 혁명에 대하여 지극히 부정적이며 결국 혁명은 실패할 수밖에 없다는 주장을 편다는 인상을 받게 된다. 모든 이상은 부패하기 쉽고 또 그 안에 처음부터 타락의 씨앗을 갖고 있다. 또는 아무리 좋은 의도로 시작한 일이라도 결국에는 부패하기 쉬운 사악한 인간성이 개입하여 혁명 이전의 상태로 되돌아간다고 말하는 듯하다. 그렇다면 역사상에 나타난 혁명은 모두 실패로 돌아간 것일까?

1789년의 프랑스 대혁명과 1917년의 러시아 혁명은 분명 실패한 사례이다. 혁명은 일반적으로 〈자유〉와 〈새로운 시작〉이라는 두 가지 과업을 달성해야 하는데, 두 혁명은 정권을 무너뜨리고 새로운 시작을 하는 데는 성공했으나 결국에는 나폴레옹이라는 절대 군주와 스탈린이라는 희대의 독재자를 만들어내어 시민들의 자유는 오히려 혁명 이전보다 못한 상태로 퇴보하고 말았다. 그러나 1776년의 미국 혁명은 역사가들에 의하여 성공한 혁명으로 평가되고 있다. 혁명 이후 미국 국민들은 대영제국으로부터 완전 독립되어 더 많은 자유를 얻게 되었고 식민지였던 13개 주가 아메리카 연합 국가를 수립하여 새롭게 시작하는데 성공했기 때문이다. 따라서 우리는 《동물 농장》에 그려진 혁명에 관한 견해가 러시아 혁명과 공산주의의 실패를 전제로 한 것임을 감안해야 한다. 반드시 모든 혁명이 실패한 다고 볼 수는 없다. 왜냐하면 인간의 사회는 앞으로도 계속 발전하려면 정치적이든 기술적이든 문화적이든 예술적이든 혁명의 성공 없이는 어렵기 때문이다.

그런데 러시아 혁명은 이미 오래 전의 일이고 소련은 해체된 지가 30년 가까이 되어 간다. 그럼에도 그 혁명과 그 나라의 지도자를 비판하는 《동물 농장》은 왜 여전히 매력적인 작품일까? 나는 그것이 권력과 인간성의 문제를 다루고 있기 때문이라고 생각한다. 즉 우화라는 쉬운 이야기의 형식을 취하고 있지만 그 내면에는 부패하기 쉬운 권력과 불완전한 인간성에 대한 깊은 통찰이 담겨 있는 것이다. 일찍이 성경에서는 황금이 악의 뿌리라고 말했지만, 그 황금을 남보다 쉽게 얻기 위해서는 권력이 있어야 하므로 결국 권력에 대한 욕구가 인간성의 타락을 부추기는 결정적 요소이다. 부귀영화라는 말에서 돈과 귀한 신분보다 영화가 더 뒤에 오는 것은, 권력이 황금보다 더 강력한 유혹이라는 의미이다. 그리고 인간의 권력 추구는 뿌리

깊은 본성에서 나오는 것이다. 그것은 남들보다 뛰어나고 싶은 욕망에서 나오는 것일 수도 있고 기존 권력에 복수하려고 하거나 그것을 부러워하는 질시에서 나오는 것일 수도 있다. 가령 레닌은 자신의 형이 제정 러시아 정부에 의해 살해되는 것을 보고서 복수에 바탕을 둔 권력욕에 불타게 되었고, 스탈린은 신학 대학에 다니다가 교조적인 교회의 가르침에 저항하면서 혁명가를 꿈꾸게 되었다. 그런데 참으로 아이러니한 것은 이런 과정을 거쳐서 권력을 얻은 사람은 결국 자신이 그토록 미워하던 그 독재자를 닮아간다는 것이다. 마키아벨리는 그런 권력의 속성을 예리하게 꿰뚫어 보고 《로마사론》이라는 책에서 이렇게 말했다.

이미 가지고 있는 것(권력)을 잃어버릴지 모른다는 공포는, 권력이 없어서 이제 그것을 얻으려고 하는 사람의 경우와 똑같이 그것(권력)을 얻고 싶은 마음이 들게 한다. 왜냐하면 그 사람(권력을 가진 사람)은 남들을 희생시켜가며 더 많은 것을 얻어내지 못하면, 이미 가지고 있는 것을 진정한 자신의 것이라고 여기지 않기 때문이다. 게다가 커다란 권력을 가진 사람은 엄청난 힘과 속도로 변화를 일으킬 수 있다. 더욱이 그의 부적절하고 야심만만한 행동은 권력이 없는 사람들의 마음에 그 권력을 획득하고 싶은 욕망을 불 붙

인다. 그들은 권력을 획득하여 부자들에게서는 그 부를 빼앗는 방법으로 복수를 하고, 그들 자신이 몸소 남용을 목격한 그 권력을 가지고 엄청난 부와 높은 관직을 얻는 데 남용하려는 것이다.

《동물 농장》에서 나폴레옹이 벌이는 행태는 바로 이 권력의 남용이다. 그리고 대부분의 권력자는 쉽사리 자신이 최고선이라는 망상에 빠져들고, 권력을 잡은 기간이 늘어날수록 그에 비례하여 자신을 권력자로 만들어준 시민들을 우습게 여기게 된다. 이것은 일곱 계명 중 마지막인 '모든 동물은 평등하다'가 어떤 동물은 '더' 평등하다고 변하고, 조금만 더 밀어붙이면 그 '더 평등한 상태'가 원래 있었던 '자연의 질서'라고 강변하게 된다. 따라서 '자연의 질서'에 대한 도전은 곧 신성한 국가와 정의로운 진실에 대한 도전으로 둔갑한다. 독재자는 이런 식으로 언어를 조작하여 진실을 날조함으로써 부패한 권력을 유지하려 든다. 실제로 《동물 농장》 제4장에는 그런 지배에 저항하는 것은 자연의 법칙에 저항하는 것(rebelling against the laws of Nature)이라는 말이 나온다.

진실의 날조는 《동물 농장》의 집필에 많은 영향을 준, 아더 케스틀러의 《한낮의 어둠》(1940)의 주제이기도 하다. 이 소설은 1930년대 후반 스탈린 정권 치하의 무자비한 인민재판을 다룬 것인데, 권력이 진실을 날조하는 방식을 고발한다. 주인공 루바쇼프는 혁명의 정당성을 확신하면서 과거 부하였던 리하르트를 숙청했고, 또 자신의 애인 알로바의 구명 요청도 무시해버린다. 그러다가 루바쇼프는 어느 날 충성심이 의심된다며 느닷없이 체포되어 심문을 당한다. 겉으로 들이대는 죄명은 넘버 1(스탈린)을 암살하려 했다는 것이지만, 실제로는 당 지도부에 대한 무조건적인 충성심이 부족하다는 혐의였다. 루바쇼프는 스탈린 시대에 숙청당한 당 고위 간부, 가령 부하린, 야고다, 예조프 중 누구라 해도 무방할 것이다. 루바쇼프는 자신의 결백을 증명하려 하지만 애초 당국의 혐의가 다른 데 있으므로 그걸 아무리 증명하려고 해봐야 심문 강도만 더 세어질 뿐이다. 결국 루바쇼프는 당이 역사적 필연의 주체로서 해야 할 일(심문)을 하고 있을 뿐이고, 혁명이 계속되려면 이런 잔인함이 불가피하다고 생각한다(실제로는 세뇌당한다). 그리하여 심문자가 요구하는 대로 모든 죄를 지었다고 자백하고 형장의 이슬로 사라진다.

루바쇼프는 당의 요구가 자연 질서이며 진실 그 자체라는 조작된 생각에 넘어가는데 이것은 세뇌에 의한 자기 기만에 다름 아니다. 우리는 그걸 진실로 믿도록 하는 이 놀라운 언어의 조작에 그저 어안이 벙벙해질 뿐이다. 이러한 날조된 고백은 《동물 농장》제7장에서 일요일 회의의 폐지에 반대한 네 마리의 돼지와 달걀을 내놓기 거부한 세 마리의 암탉이 스노볼을 '직접 만났거나' 아니면 '꿈에서 봤다'고 거짓 자백하며 처형당하는 데서 잘 드러난다. 여기서 우리는 권력의 부패하기 쉬운 속성과, 남들을 억누르는 것이 곧 자신의 우월함을 증명하는 것으로 착각하는 인간성의 부정적 측면을 성찰하게 된다. 그리하여 지금보다 더 좋은 사회를 만들어나가기 위해서는 인간성의 어떤 부정적 측면을 경계해야 하고 또 권력의 어떤 조작된 행위를 감시해야 하는지 깊이 생각하게 된다.

마지막으로 이 책에 대한 역자의 개인적 소감을 한 마디 하고자 한다. 내가 《동물 농장》을 처음 읽은 것은 1972년이었으니 거의 50년이 다 되어 간다. 그 때는 동급생들끼리 서로를 나폴레옹이니 스노볼이니 하고 별명을 붙여 부르면서 말장난을 하기도 했으나, 원고지 500매도 안 되는 이 작은 책에 지금까지 설명한 많은 뜻이 들어있는지 잘 알지 못했다. 그렇지만 소설은 이야기가 먼저이고 그 다음이 해석이다. 일단 이야기만 알고 있으면 해석은 나이 들면서 천천히 해도 되는 것이다. 따라서 《동물 농장》 같은 고전은 나이가 한 살이라도 젊을 때 일단 읽어서 그 줄거리를 알아두고 그 다음에 천천히 재독 삼독하여 그 깊은 뜻을 알아가면서 자신의 안목이 얼마나 높아졌는지 확인하면 되는 것이다. 해석이라고 했지만, 위대한 작품은 아무리 많은 해석을 들이대어도 그 의미가 완전히 탕진되지 않는 화수분 같은 기묘한 특성을 갖고 있다. 반세기 가까운 세월이 지난 지금에 읽어도 《동물 농장》이 이처럼 깊은 감동을 주는 것은 이 소설이 위대한 고전임을 증명하고 있다.

이종인

1903년   6월 25일 당시 대영제국의 식민지였던 인도 벵갈의
모티하리에서 태어났다. 누나 마조리와 여동생 애브
릴과는 각각 다섯 살의 터울이었으며 아버지 리처드
블레어는 식민지 정부 소속 아편과에서 공무원으로
근무하면서 중국과의 아편 무역을 감독했다.

1907년   네 살 때 영국으로 보내져 앵글리컨 수도원 학교, 선
ㄴ 시쓰리언스 예비학교를 졸업하고 이튼 사립학교에
장학금을 받아 진학했다.

1917년   이튼 학교에서 수학했으나 고교 시절 학업을 등한시

함으로써 장학금을 얻지 못해 대학 진학을 포기했다. 인도 식민지 정부의 경찰관으로 지원하여 합격했다.

1922년 11월에 인도의 맨덜레이에 도착하여 경찰관 훈련을 받는다. 버마(현재 미얀마) 현지에 주둔하는 경찰관이 되어 5년간 근무했으나 제국주의에 혐오감을 느껴 1928년 1월 1일부로 인도 식민지 경찰국에서 퇴직했다.

1928년 프랑스 파리로 건너가 노동자 지구인 제5지구에 방을 하나 얻고 막노동을 하면서 지냈다.

1929년 2월에 폐렴에 걸려 파리 14구에 있는 코셍 극빈자 병원에 몇 주 동안 입원했다. 이때의 파리 생활이 첫 작품 《파리와 런던에서의 밑바닥 생활(Down and Out in Paris and London)》의 소재가 되었다.

1930년 영국으로 돌아와 서퍽 카운티의 해안 휴양지인 사우스월드의 부모님 집에서 발달장애아의 가정교사를 하면서 문학적인 기사와 에세이를 발표하기 시작했다.

1932년 논픽션 《파리와 런던에서의 밑바닥 생활》을 케이프

앤 페이버 출판사에 보냈으나 거절당했다. 여름에 버마 시절《(Burmese Days)》을 쓰기 시작했다.

1933년 6월《파리와 런던에서의 밑바닥 생활》을 빅터 골란츠의 출판사에서 출간했다. 이 때 처음으로 조지 오웰이라는 필명을 사용하기 시작했다.

1934년 《버마 시절》이 골란즈 출판사에서 인도와 버마의 영국 관리들을 불쾌하게 만들지 모른다고 우려하여 출간 거부되었다. 이 소설은 같은 해 10월에 미국 뉴욕의 하퍼 사에서 출판했다.

1935년 3월에 두 번째 장편소설《목사의 딸(A Clergyman's Daughter)》이 골란즈 출판사에서 발간되었다.

1936년 세 번째 장편소설《엽란을 계속 날려라(Keep the Aspidistra Flying)》를 발간했다. 영국을 북부를 방문하니 노농자늘의 실상을 파악하면서《위건 부두로 가는 길(The Road to Wigan Pier)》에 들어갈 자료를 수집했다. 6월에 세 살 연하인 에일린 오쇼니시(Eileen O' Shaughnessy)와 결혼했다. 12월에 스페인 내전에 참전하기 위해 스페인으로 가서 공화파 정부 산하의 트로츠키 파 무정부주의자 단체인 POUM에 가입했다. 아내는 다음해 2월에 그를 따라 스페인으로 왔다.

1937년 스페인 내전에 참가했으나 부상을 당하고 오웰 부부는 스페인을 떠났다.《위건 부두로 가는 길》이 3월에 발간되었다.

1938년 4월에 스페인 내전 참전기를 다룬《카탈로니아 찬가 (Homage to Catalonia)》가 출간되었다.

1939년 오웰의 아버지 리처드 블레어가 82세의 나이로 사망한다. 그 해 6월, 네 번째 장편소설인《숨 쉬러 올라오다(Coming Up for Air)》를 출간한다.

1941년 8월에 BBC에 입사하여 해외 서비스부 인도 담당과에서 대담 보조원으로 근무를 시작한다. 국방 시민군의 업무도 병행했다.

1943년 11월에 국방 시민군 상사 직에서 물러나고 같은 달에 BBC에서 퇴사했다. 노동당 주간지인〈트리뷴〉

의 문학 편집자가 되었다. 11월에 《동물 농장(Animal Farm)》을 쓰기 시작했다.

1944년 2월에 《동물 농장》을 탈고했다. 그러나 정치적인 이유로 인해 출판사들은 이 책의 출판을 기피했다.

1945년 〈옵저버〉 지의 유럽 특파원에 임명되었다. 18개월 동안 출판사를 찾지 못하던 《동물 농장》이 8월에 세커 앤 워버그 출판사에서 출간되며 빛을 보게 되고 이후 미국의 북 오브 먼스 클럽을 통하여 50만부가 팔려나간다.

1946년 겨울부터 스코틀랜드 서부 헤브리디즈 제도의 마을 반힐에 농가를 임차하여 살기 시작한다.

1947년 《1984(Nineteen Eighty-Four)》의 초고를 완성한다.

1949년 요양원과 병원 생활을 친다. 《1984》가 6월에 워버그 출판사에서 출간되었고 소니아 브라운웰(Sonia Brownell)과 재혼했다.

1950년 1월 21일 폐결핵으로 사망했다. 미망인 소니아는 이후 오웰의 산문을 모두 모아서 전 4권으로 된 《오웰 산문 전집》을 펴냈다.

옮긴이 **이종인**

고려대학교 영어영문학과를 졸업하고 한국브리태니커 편집국장과 성균관대학교 전문번역가 양성과정 겸임교수를 역임했다. 지금까지 250여권의 책을 번역했으며 주로 인문사회과학 분야의 교양서와 문학 서적을 많이 번역했다. 저서로《번역은 글쓰기다》《살면서 마주한 고전》이 있고 번역한 책으로는《호모 루덴스》《중세의 가을》《지상에서 영원으로》《누구를 위하여 좋은 울리나》《노인과 바다》《무기여 잘 있거라》《헨리 제임스 단편선》《조지 오웰 수필선》등이 있다.

동물농장

1판1쇄 펴낸 날 2020년 2월 20일

지 은 이   조지 오웰
옮 긴 이   이종인
펴 낸 이   장영재
펴 낸 곳   (주)미르북컴퍼니
자 회 사   더클래식
전   화   02)3141-4421
팩   스   02)3141-4428
등   록   2012년 3월 16일(제313-2012-81호)
주   소   서울시 마포구 선미산고32길 12, 2층 (우 03983)
E-mail   sanhonjinju@naver.com
카   페   cafe.naver.com/mirbookcompany